W0324878

Jean Paul

FREIHEITS-BÜCHLEIN

Jean Paul

FREIHEITS-BÜCHLEIN

Mit einem Nachwort
von Sibylle Lewitscharoff

Bibliotheca Anna Amalia

Süddeutsche Zeitung Edition

Mit freundlicher Unterstützung
der Herzogin Anna Amalia Bibliothek
und der Klassik Stiftung Weimar.

Die editorische Betreuung erfolgte
durch die Aufbau Verlagsgruppe.

aufbau
VERLAGSGRUPPE

© Süddeutsche Zeitung GmbH, München
für die Süddeutsche Zeitung Edition 2007
Bibliotheca Anna Amalia

Gestaltung: Eberhard Wolf
Grafik: Julia Wolf
Satz: Aufbau Verlagsgruppe GmbH, Berlin
Bild Jean Paul: Ullstein
Pflanzenornament aus den Grisaille-Fenstern des Altenberger Doms,
genehmigt vom Altenberger Dom-Verein e.V., Bergisch Gladbach
Herstellung: H. Weixler, H. Schiffers
Druck und Bindearbeiten: Ebner & Spiegel, Ulm
Printed in Germany

ISBN: 978-3-86615-412-4

Jean Paul's
Freiheits-Büchlein;
oder
dessen verbotene Zueignung an den regierenden
Herzog August von Sachsen-Gotha;
dessen Briefwechsel mit ihm; –
und
die Abhandlung der Preßfreiheit.

Nro. I.

Unterthänigstes Zueignungs-Gesuch, eine Aesthetik betreffend, an *Ihre Durchlaucht* den regierenden Herzog *August* von Sachsen-Gotha.

Gnädigster Herzog,

Schon da Konzipient dieses vor fünf Jahren (und nachher mehrmals) das Glück genoß, *Ihre Durchlaucht* so wohl zu hören, ja zu lesen, als auch von *Ihnen* gesehen und gelesen zu werden, faßte er den Entschluß, *Ihnen* etwas Gefeilteres zuzueignen als er selber ist, nämlich ein Buch, das er sehr schätzte und wovon ganze große Theile mit der schicklichsten und richtigsten Manier auf *Ihre Durchlaucht* anzuwenden wären. Gegenwärtiges leistete dieß wirklich; und Zweifler daran wären wol leicht durch solche Programmen darin (anderer gar nicht zu gedenken) einzutreiben, welche die Phantasie, Poesie, den Witz, Humor und Aehnliches verhandeln.

Dieß aber machte nur gar zu leicht, daß Konzipient Ende vorigen Jahres eine Dedikazion verfertigte (sie ist sub Littera A. angebogen) und mit ihr ungewöhnlich genug den Druck des Werkes anheben ließ, ohne vorher im

Geringsten (er will es nicht verhehlen) bei *Ihrer Durchlaucht* um die Erlaubniß anzuhalten, *Ihnen* die stärksten Wahrheiten zu sagen und zwar angenehme, – welche rechten Menschen oft schwerer zu hören wie zu sagen fallen als sehr bittere.

Allerdings schützt Dedikant nicht ohne Grund vor, daß *Ihre Durchlaucht* (wie gedacht) bei Anfang des Drucks noch Erbprinz waren, als er in der Zuschrift poetische Aurorens Farben pries, welche nachher an der Sonne, wenn sie zu regieren anfängt, sich in warmes Licht verwandeln; – und so möchte die Zeit des Drucks diese und ähnliche Lobeserhebungen in etwas entschuldigen.

Seit inzwischen *Ihre Durchlaucht* Anfangs der zweiten Abtheilung des Buchs vom Musenberg auf den nahen Thron hinaufgegangen und zum Zauberspiegel der Poesie in die andere Hand noch den Zauberstab des Zepters bekommen haben: so macht freylich die Zueignung eines Buchs mit der Zueignung eines Landes den erbärmlichsten Abstich, so daß es ihr nicht besser als etwan einem Lorbeerkranze ergehen kann, den Apollo als Schäfer auf bekommen hätte, und den er nachher mitten ins Sonnenfeuer hinauftrüge, vor welches er sich, um es zu lenken, setzt. Ist die Krone der letzte Helm Deutschlands; ist keine Art von Geist so wichtig als ein Schutzgeist; und muß sich die Blüte der Humanität, gleich der Ananas, durch die Krone fortpflanzen: so kann wohl niemand mehr und weiter dabei leiden, als Konzipient selber, weil er in der angebognen Zuschrift diese Vorzüge nur in der Ferne gewiesen, und die poetischen in der Nähe.

Denn wird deswegen Dedikanten ihre Bekanntmachung abgeschlagen: so hat er nicht nur die Kosten, – das halbe Buch, die Seitenzahlen, die Bogenwürmer umdrucken zu lassen; sondern er muß auch zusehen, wie andere den Vortheil, der wie es scheint ihm gehört, von seiner Aesthetik ziehen, nämlich ihre angenehmsten Sachen ohne sonderlichen Aufwand von Witz – der nur in entfernten Aehnlichkeiten besteht – auf *Ihre Durchlaucht* zu applizieren.

Daher gelangt an *Sie* die unterthänigste Bitte,

> daß die angebogene Dedikazion sub Litt. A. ohne kostspieligen Umdruck bleiben dürfe wie sie ist.

Das Schweigen wird Konzipient als einen Befehl annehmen, sie herauszuschneiden; und wird dann leider den Lesern nur durch den Abdruck dieser Supplik seinen guten Willen zeigen können –

Ihrer Durchlaucht

unterthänigster

Jean Paul Fr. Richter.

Nro. II.

Offizielle Berichts-Erstattung an den Leser von Deutschland, nebst den Briefen des Herzogs.

Woledler, Ehrwürdiger, Hochwoledler, Wolehrwürdiger, Hochedler, Hochedelgeborner, Hochwolehrwürdiger, Wolgeborner, Hochehrwürdiger, Hochwolgeborner, Hochehrwürdiger Reichsfreiherrl. Wolgeborner, Hochwürdigster, Hochgeborner etc. etc. etc. Leser! – Ihre über den ganzen Adreßkalender ausgebreiteten Titel, welche noch tiefer und noch höher steigen, entschuldigen es, wenn ich sie alle in den einzigen einschmelze, Verehrtester!

Es zu rühmen, verehrtester Leser, was Sie seit der Erfindung der Schreibkunst weit mehr als alle Ludwige XIVte für die Wissenschaften, sie möchten sich im Purpurpergament oder in Lumpenpapier kleiden, gethan durch Lesegeld, ist über meine Kräfte.

Alle Bibliotheken, von Lese-Bibliotheken an bis zur blauen (wenige Raths- Regiments- und Kloster-Bibliotheken ausgenommen) schaffen Sie neu an, oder erstehen Sie in Versteigerungen und wer anders als Sie läuft alle Werke flüchtig durch, die man kennt, vom ersten indischen

Schauspiel an, das in Felsen unter dem Meer gehauen war, und von den Büchern im Serail, die Klafter lange sind, bis zu dem Opern- und Brockenbuch und dem Kinderlesebuch und den Büchern der aner und in ana, ungeachtet Sie noch zu gleicher Zeit alle Aktenstöcke, Brieftaschen, Noten, Planeten, Visitenkarten, Viehpäße, Bank- Küchen- und Komödienzettel in Deutschland zu lesen haben? Wahrlich, ich wünschte zu wissen, was Sie nicht läsen.

Und doch unterstützt Sie dabei niemand als zuweilen ein Lektor: denn die beiden *Leser* im Reichs-Kammergericht zu Wetzlar, welche die Akten foliiren, übergeben und aufheben, wird niemand für sonderliche chargés d'affaires und Mitarbeiter von Ihnen nehmen.

Zehn tausend Mann stark soll nach Meusel das sitzende Heer jetzt sein, das Sie auf den Beinen und sonst halten und besolden, theils als Referenten, theils als Sekretaire. Welche Ausgabe für so viele Land- Stadt- Marktflecken- und Dorfschreiber, da der Pabst selber nicht mehr als 72 Schreiber hat, die aber Abbreviatoren heißen! Fünfzig tausend Werke liefert das Heer jährlich, welche Sie alle theils zu kaufen, theils zu lesen haben. Wie schlecht ist nun jeder Referendair und Sekretair, der überall, wo die Gerechtsamen des größten Kurators und Nutritors des Schreib- und Buchhandels leiden, nicht aufspringt, beschirmt, ausfällt, aufschreibt, und dann berichtet offiziell! Giebt es solche laxe Autoren?

Endes unterzeichneter Referent wenigstens ist der Mann nicht, der bei der Semester-Gage, die er von Ihnen zieht, dieses thäte, sondern er berichtet mit Eifer wie folgt:

Zwanzig Jahre und wenige Monate mögen verflossen sein, seitdem er in Ihre Dienste trat, zuerst als Referent der *grönländischen Prozesse*, und darauf der *Teufels Papiere*, – jenes in Berlin, dieses (6 Jahre später) in Gera. So leicht etwa damals das Gnaden- ja Ungnaden-Gehalt dafür ausfiel, oder so schwer das Raff- und Lese-Holz für damalige harte Winter: so reichlich haben Sie ihn nachher, da er eine leserlichere Hand schrieb, als Ihren Ehren-Söldner salariert mit Meß-Geschenken jährlich. Wer denn sonst, verehrtester Leser, als Sie, hat bisher für den Unterzeichneten und dessen Frau und Kinder mehr gethan als alle Fürsten, und dessen Vater- und Wohnstädte? *Sie* allein dekretierten ihm ein Fixum mit Zulage; von den Städten und Thronen trieben erst *Sie* als Sportularius und Pfennigmeister die Beischüße ein. *Sie* wahrer Musenfreund aller schreibenden Prezisten! Wie würde es ohne *Sie* und ohne den Lesegroschen, den *Sie* wöchentlich als Schreibpfennig und Allmosengeld in allen deutschen Leihbibliotheken austheilen, um Schreiber und Schreiben stehen! –

Was noch heimlich und nebenher Ihre treffliche Hälfte, die vergeßliche, aber unvergeßliche *Leserinn* gethan, o verehrtester Leser, die er das Glück gehabt in Berlin und sonst zu sehen, darf nur seine Dankbarkeit vermehren, nicht seine Freimüthigkeit und Redseligkeit. Beinahe in unserm ganzen Heere der 10,000 Xenophons ist Eine Stimme darüber, sie Notre-Dame, ma-Donna, Hesperide, Titanide zu nennen, nicht eine bloße Haus-Ehre, sondern eine Pallast- und Land-Ehre – Franzosen nennen sie die Jungfer Europa – wahrlich der Enthusiasmus ist allgemein – –

Nie kann deshalb Unterzeichneter aufhören für die Rechte ihres Hauses zu fechten, das voll Lesezimmer ist; er stattet ihm ewig die offiziellen Berichte ab, die äußerst nöthig sind. Heute hat er einen der neuesten zu machen, einen Index expurgandarum (dedicat.) betreffend, den *Ihnen* die philosophische Fakultät in Jena, ohne ein besonderes Konkordat, das bekannt wäre, als Gesetz an die Flügel-Thore Ihres Lesezimmers affigieren und nageln wollte.

Das Faktum ist dieses:

Ihr Apanagist, Verehrtester, Verfasser dieses und der *Vorschule der Aesthetik nebst einigen Vorlesungen in Leipzig über die Parteien der Zeit. Hamburg, bei Friedrich Perthes 1804* setzte dem eben gedachten Buche eine Zueignung an den regierenden Herzog *August* von Sachsen-Gotha vor, welche dieselbe ist, die der Aesthetik fehlt und diese Schrift verziert. Er schickte sie vorher an Ihn, den genialen und liberalen – ein Klang- und Sinn-Reim zugleich – mit folgendem Briefe:

Gnädigster Herzog,

Ihrer Durchlaucht send' ich hier eine Dedikazion an *Sie*, um *Sie* um die Erlaubniß des Lobes nicht so wol – denn diese gab mir schon die Wahrheit – als um die Erlaubniß des ungewöhnlichen mehr englischen als deutschen Tones zu bitten, worin ich es sage. Mögen *Sie* mir es verstatten, zweimal recht glücklich dedizirt zu haben, das erstemal der schönsten Königinn, das zweyte dem witzigsten Fürsten!

Das Buch ist eine – aber nach meiner Weise geschriebene – Aesthetik und mein Lieblings-Kind. Es erscheint im August schon. Daher mögt' ich wol zur großen Bitte noch die kleine fügen, wenn sie schicklich ist, mich *bald* entweder zu erfreuen oder zu erschrecken.

Ihrer Durchlaucht

Koburg, unterthänigster
den 16. Jul. 1804. Jean Paul Fr. Richter.

Darauf erhielt der Brief- und Schriftsteller vom Herzoge folgende Antwort . . . .

Doch, Verehrtester, eh' ich Ihnen die sämtlichen Akten vorlege, deren Einsicht Er Ihnen erlaubt, wünsch' ich Ihnen Glück, daß der Zufall, der *Sie* um einige unbedeutende Blätter von mir bringen wollte, Ihnen dadurch eine Menge interessanter zuführt. Auch dürfen sich zwei

Schreiber selber Glück wünschen, wenn ihre Briefe eben so gut in die Druckerei geschickt werden können als auf die Post; welches hier der Fall mit den meinigen ist in Rücksicht der *Gesinnung*, und mit dem herzoglichen in Rücksicht des poetischen *Gehalts*.

Das *Polyneon*, worauf sich der Anfang des folgenden Briefes bezieht, ist ein großes episches Mährchen über die Liebe, vom Briefsteller, welches alles, was große Kenntniße und große Kräfte von Frucht- und Blumen-Gewinden, Perlenschnüren und Venus-Gürteln in einander flechten können, zu seinem Zauber-Kreis der Liebe rundet. Doch das was schildert, kann nicht selber geschildert werden; der Kreis wird zuletzt ein Trauring – der Ring ein Juwel – der Juwel ein Lichtblick – der Blick ein Geist. Der Tadel, womit man das Polyneon so gut belegen kann als mit Lob, ist bloß schwerer zu verdienen als zu vermeiden. Eine geniale Phantasie ist, gleich dem Luftballon, leicht in die Höhe und in die Tiefe zu lenken; aber das wagrechte Richten wird bei beiden etwas schwer; indessen hielt man es bisher doch für das größere Wunder, sich in den Himmel zu erheben als sich darin zu steuern.

Daß man hier nicht schmeichle, sondern bloß dediziere, beweiset die endliche Edizion des ersten Dokuments:

Angebogene Antwort, sub. Littera zzz+x.

Panädonia bat: (Pleonasmus, da sie eigentlich nichts zu bitten hat,) als sie das Polyneon tausendfärbig und tausendförmig aus ihrem Füllhorn schlüpfen ließ; und dazumal gieng es ihr wie Pandoren; es blieb ihr eine Bitte – was einerley ist – eine Hoffnung, und diese Bitte oder diese Hoffnung kleidete sie auch in eine Weyhe ein. *Richter sey Freund und Freund sey Richter.* Dieses Epigramm sollte griechisch und nicht deutsch, nicht gedruckt, sondern in Kupfer gestochen werden, wenn mein Unvergleichlicher (mein Vortrefflicher, würde ich sagen, verglich' er nicht zuviel,) es mir erlaubte. Doch ich werde mit meinen in einander geschachtelten Parenthesen wie unser guter W ***, und ende, damit mein Paulinischer Johann und mein Johannischer Paul nicht vor Langweile vor mir ende, und vor meiner eignen Geduld mit der lezten der Bitten; diese Bitte, wie eine leichte Lustgondel, Ihrem Schatz- und Kauffahrtey-Schiffe anzuhängen, nicht, damit beym Schiffbruche der theure Steuermann sich darin retten möge; aber – das ist eben das Räthsel. –

Einst krümmte Hesperus einen silbernen Nachen aus seinen Strahlen und fuhr hehr und genialisch über die Milchstrasse der Ahnung, und warf der verblüften Welt Sternschnuppen in die zugestaarten Augen, daß die Schuppen herabfielen, und einige durch das Schlüsselloch der Zukunft in den Himmel blickten; aber nachdem sahen wir durch einen Spiegel in einen dunkeln Ort. – Das jammerte den jüngern Phosphoros; er nahm eine Riesenperle, überzog sie mit Uranusglanz, tauchte sie in Minnegluth, und bevölkerte sie, – doch Sie wissen alles schon, und nun haben Sie mein Räthsel errathen. Wenn Ihre Vorrede vorlaut ist, so ist meine Rede wohl Nachlaut; doch Sie sind gewohnt, den Weibern durch die Finger zu sehen, durch die Ihrigen und durch ihre. Phosphoros hat noch mehr Prätensions wie Sie, drum hängt er sich Ihrem Schatz- und Kauffahrteyschiffe als Lustgondel an. Ma addio, cara anima; guberniamo il cielo é l'arcadia. *Phosphoros, – Metahesperos!* –

NB. Sie wollen wissen, ob ich eine Zueignung haben will, dazu antworte ich mit *Nein*; aber ob ich das Ueberschickte sub Littera A. mit meinem Admirations A! beantworten werde, dazu sage ich *Ja*. Erschreckt Sie mein undemüthiges *Nein*, so bleibt die Lustgondel im Hafen, und der Richter bleibt mein Freund, der Freund aber nie mein Richter. – Kommen Sie in Gottes Namen, in Gotha zu verpissen, was Sie in Liebenstein getrunken haben, nur verschonen Sie meiner Minister Perruquen, denn Sie wissen, daß die Netze der großen Welt nicht so ausgepicht sind, wie die Federmützen der Gelehrten. Doch verzeihen Sie diese Reminiscenz und diese Art von Plagiat Ihrem Freunde und Mitsünder

Luzifer.

P.S. à propos! von Bier, Orten, Kommen und Gehn – Es ist nicht meine Schuld, daß ich geblieben bin. Sie verwechseln vielleicht, guter Richter, mein Abendroth mit meinem Morgenroth, wie es einst Ihr Gottwalt mit dem seinigen that. Ich habe keinen Zauberstab, und der

Spiegel, den ich halte, ist nur der der Eitelkeit, und doch kann ich nicht vergessen, daß ich zähne- nägel- und haarelos bin. Wenn Sie recht schmeichelhaft seyn wollen, so nennen Sie mich einen Kleister-Aal aus dem Kleister, wo Gott seine schönsten Sonnen knetet. Dieses Irländische Bonbon wird mich unendlich freuen und gewiß nicht weniger neu seyn, als die Brittischen sind, die Sie mir auftischen wollen. Sie wollen mir einen Lorbeerkranz aufsetzen, und – wissen Sie denn nicht, daß eine Graciosos-Kappe eine von den Helmzierden ist, welche ich das Recht zu führen habe; wie eine Säule, eine Rose, eine Henne, ein übersatter Löwe zwischen unverzehrten Herzen, in dem feldreichen Bilderlande sind, die meinen Schild zieren, und über denen ein Rautenkranz. Diesen würde ich mir eher, wie das Wiesel des Plinius, wählen, wenn die schöne Otter der Männlichkeit mit Augen, Herzen und Gallenzahn mich zu durchbohren sucht. Auch gegen den Zahn Ihrer Witzesschlange mögte ich mit dieser Zauberraute die Taube meiner Falschlosigkeit umpanzern. Richter, Sie fürchten, daß ich mich vor Ihrer Eignungsschrift fürchten könnte, und wollen mich mit dem Wiegenliede der Schmeicheley einlullen? Sagen Sie Sich, daß ich als Jungfrau das Einhorn des Spottes entwaffnen kann, und das mit einem Kuße; einem Judaskuße, und Sie kreuzigen; mit einem Jonathanskuße, und Sie verlassen; aber auch mit einem Cyparißkuße, und mit Ihnen sterben und ewig leben: aber nie mit einem

Krähenkuße, die sich aus gleicher Schwärze die Augen nicht auskratzen. – Mißhandeln Sie mich, und lassen Sie drucken, was Sie wollen: Vorreden, Briefe, ja meinen Brief. Verspotten Sie mich; ich weiß es nur zu gut, daß die Freundschaft der Männer eine umfangende Jungfrau ist, und ihre Schmeicheley eine giftige Verläumdung. – Doch, können Sie mit meinem warmen Kinderblute, mit meinem weichen Mädchenherz, und mit meinen süssen Witwen- und Waisenzähren alte Wunden aus- und alte Flecken abwaschen, so thun Sie es; denn es ist keine Schande für mich, auf dem Altare des mächtigsten der Genien zu enden. Habe ich mir doch schon lange eine welke, rosenrothe Hyacinthe mit dem Epigraph gewählt: καλὸν ὕπερ τοῦ καλοῦ δνήσκειν. Und gern möchte ich der Hyacinthus seyn, nicht um Sie zu bestechen, aber um Sie zu entwaffnen. Kommen Sie auf mein Herz, mächtiger Sonnengott, es ist keine Pythische Schlange. Ihre Pfeile sind jetzt umsonst. Wenn ich gleich Taubenschwingen und eine schirmende Binde vor den geblendeten Augen trage, und auf der blassen Stirne den lockigen Cyrrhus, und schmucklos, ja kleiderlos Ihnen erscheine, so bin ich doch, stolzer, rachgieriger Sonnenlenker, kein Gott, sondern Panädoniens schwacher Schatten. – Dieses dürfen Sie Ihren Vorreden und allen Ihren Briefen anhängen; und jedes zartfühlende, edle Weiberherz wird mich gegen Ihre Schärfe beschützen!

Hierauf antwortete der Zueigner folgendes Aktenstück:

Gnädigster Herzog,

Das Schreiben *Ihrer Durchlaucht* und dessen Bilderkabinet hat mir eben so viele Freude als Mühe gemacht; zuletzt aber, da ichs ganz verstehe, nur Freude. Was den Streitpunkt des Witzes etc. anlangt, so behaupten *Sie* während *Ihres* Solotanzes blos, es gebe keine Bewegung und Zeno habe Recht. Indeß glaubt jeder Weltkörper zu stehen, ob er gleich fliegt.

Da *Ihre Durchlaucht* durch *Ihre* Mischung von Scherz und Ernst mir die Erlaubniß gaben, *Ihr* Nein auszulegen und zu rangiren: so hab' ich die Meinung erwählt, welche nur die wohlthuendste ist, und ich habe das Ganze für die schöne Erhörung meiner Bitte angesehen. Doch ist immer noch Postzeit, mich durch einen ausdrücklichen Befehl um meinen schönen Traum zu bringen. Indeß wär' es Schade, da in Deutschland ein solcher Gegenstand und eine solche Sprache unter den Dedikazionen eben nicht gewöhnlich sind.

Ihre Durchlaucht theilen – wie es fast scheint – einen flüchtigen Irrthum des mir ewig theuern Herzogs von Meiningen über mich, welcher auf Kosten meines Herzens und Geschmacks zugleich einen einfältigen Spaß im hiesigen Wochenblatte mir zuschreiben konnte. Meine Seele blieb ihm so treu wie seine Gemahlinn – und *Coburgs* Reitze .... wenigstens vertausch' ich es in 14 Tagen mit *Bayreuth*. – Verzeihen *Ihre Durchlaucht* diese Schreibseligkeit – empfangen Sie meinen Dank für *Ihre* Blätter voll Blitze und Duft – erhören *Sie* meine alte Bitte – und erlauben Sie mir die süsse Hoffnung, *Ihnen* nicht durch meine Denkungsart (die Schreibart rechn' ich nicht zu ihr) zu mißfallen –

Ihrer Durchlaucht

Cob. d. 29. Jul. 1804.

unterthänigster
Jean Paul Fr. Richter.

Theurer Jean,

Wenn Sie von Monochoren sprechen, so irren Sie Sich, wenn Sie nicht voraussetzen, daß nach der Haydnisch-Mozartischen Eröffnung aus Gewittern und Engelchören, Nachtigalls- und Aeolsharfen, Sylphenreigen und Hirtenliedern, der mit unsern Genien Hesperus und Phosphoros gezierte Vorhang rauschend heraufrollend die schönste Zukunft enthüllt; daß der prophetische Prolog auf seiner Hippogryphen-Quadriga daherstürzt, und daß er das gespannte Herz noch höher spannt, nämlich zum Bichordion Hoffen und Wissen; daß dann der Strom aus Entzücken, Wehmuth und Ueberraschung; Wohlklang, Minneträumen und Moralität; Sylbenmaas, Takt und Grazie; Gesez, Phantasie und ästhetischer Vollkommenheit; – sich in wilden kunstreichen Cascaden über die drey Alpen: Entspinnen, Verflechten und Weben in den stillen Ozean der herrlichsten Unendlichkeit, als wie der Fluß der lyrischen Euphonie ergießt, und jedes befriedigte Herz mit Hoffnung erquickt, und in Freudenthränen eingelullt mit der leisen Frage: Ist's Himmel? – davon schleicht und dem kleinen Prologus mit sanfter Demuth durch die Thränen zugelächelt hat, wie er auf seinem kleinen Perlenschiff auf Rosenwellen dahin tanzte, und die Räthsel lieblich singend aus den Untiefen der Aesthetik herausfischt, und sie als phosphorirende Psychen der Abendfackel zuflattern läßt, um sie selbst dort zu Sternen zu verglühen: – Wenn Sie alles das, sage ich, nicht voraus gefühlt haben, so haben *Sie* auch nicht verstanden, daß ich Sie, theurer Paul Friederich, bat, Panädoniens Erweckungs- und Meldungs-Symphonie zu seyn; und dann hängt sich nicht meine Gondel an Ihr Kauffahrtey-Schiff, und ich lese nur eine Ouverture, einen Prolog, eine herrliche Oper in drey Acten, und es entzückt mich weder ein Ballet, noch ein Epilog. – Doch thun *Sie*, Richter, was Sie wollen; Sie können doch nie aufhören mein Liebling zu seyn.

Ihr Emil.

Gnädigster Herzog,

Mein erster Brief in *Bayreuth* sei ein Dank für den *Ihrigen*, der mich in *Coburg* unter dem Einpacken antraf und der durch seine schöne Perspective meinem Wege gerade eine entgegengesetzte Richtung hätte geben können, wenn ich der Freude und der Hoffnung mehr gehorchen dürfte, als dem Bedürfniß. Es wäre so schön im schönen

Gotha zu leben, und von *Ihnen* und *Sie* selber zu hören! Aber die Zukunft hat ja noch viel Platz und viel Frühlinge.

In vier Wochen werd' ich *Ihnen* die Aesthetik senden können.

Man sieht oft in Gemählden eine Hand aus einer Wolke kommend. Ihr Brief ist ein solches, und die Wolke ist morgenroth. –

Ihrer Durchlaucht

Bayreuth
d. 16. Aug. 1804.

unterthänigster
J. P. F. Richter.

Hierauf antwortete der Herzog:

Gotha ist schön, aber das wenigste Schöne im schönen Gotha ist Ihr armer Emil. Ich sage nicht das Beywort *arm* aus Demuth allein, sondern vielmehr aus Redlichkeit; auch fürchte ich, daß, wenn alles vor Ihnen fällt, Ihnen nichts mehr gefallen wird, und daß so zuletzt der Gefallende tiefer fallen wird, als die Fallenden. Was Sie von den Räumen in der Unzahl und von den Frühlingen in der Unzahl mir, bester Richter, sagen, beweißt mir, was ich leider! schon längst kaum zu ahnen wagte, und was mich Ihnen, Unvergleichlicher, zum Menschen – nein gar zum Manne verstellt. Doch, ich greife blind wie der Glaube, und zartfühlend wie die Minne, und sicher wie die Rache der Könige, und bestimmt wie der Wille des Todes – unter die ausgerissenen Schmetterlingsflügel, die abgestreiften Sirenenschuppen, die entblätterten Rosen, die ausgefallenen Drachenzähne, die Kometenfunken, die gefrornen Zähren, die losen Diamanten, die zerstreuten Traumbilder Ihres Polymorphäons und ziehe auch ein Gemählde hervor. Es ist auch eine Hand, und was mehr – eine schöne an dem reizendsten Engelarme. Schwimmend liegt sie auf dem Lichtocean der Vollkommenheit. Zwischen den rubinenglühenden Fingerspitzen hält sie prüfend und warnend eine Seele über das Aoma des Nichts-Ungrunds. Gott allein kennt dieses noch zu richtende Ich. Ich bin keine Hand und kein Gott; – aber bald schwebt zwischen Flammen und Eis Ihre Aesthetik über das Nichts-Aoma. Zittern Sie immer, Richter, denn Ihr Richter will vergessen, daß er Ihr Freund ist, und Ihr Freund soll nicht erfahren, daß er Sie richtet.

den 20. August 1804 Julius Augustus.

Zwischen beide letztern Briefe schlug nun, verehrtester Leser und Brodherr, jener Strahl auf mich, Ihren Schrift-Sassen und Sekretair, herab, der die Dedikazion einäscherte, falls sie nicht zweimal da war, einmal außer, einmal in mir. Nämlich H. Dekan und D. Voigt verbot sie dem Setzer; und darauf that es auch der übrige Theil der philosophischen Fakultät, deren Namen ich hier im Catalogus prælectionum publice primvatimque in Academia

Jenensi per hiemem anni 1803 inde a die XVII. Octobris habendarum. Typis Gœpferdtii vor mir habe.

Ich würde wohl wenig davon haben – ausgenommen Zurechtweisungen – wenn ich meine ersten heimlichen Ausbrüche zu öffentlichen machen und die September-Flüche über, (nicht auf) Deutschland publiciren wollte. »Himmel!« flucht' ich und so weiter, aber mehr nicht, sondern ich nannte bloß die Deutschen die Kleinstädter Europens, – fragte, warum man irgend einen Geist bevogten wolle, z. B. meinen – hielt mir ferner, Verehrtester, theils den Gehalt vor, den Ihre Seele *hat*, theils den, den sie *gibt*, mir und jedem von Ihren poetischen valets de fantaisie, lärmte stärker im Stillen und fragte mich laut, wer denn eigentlich der Zensit der Zensoren sei, und wußte Antworten genug.

Indeß kam Zensit und Zueigner zuletzt wieder so zu sich, daß er sich stillen – die Fakultät, indem er sich an ihre Stelle setzte und ein Graduirter wurde, rechtfertigen – und wirklich den folgenden Bericht an den Herzog mit jener schönen Ruhe machen konnte, die ihn vielleicht auszeichnet:

Gnädigster Herzog.

In 14 Tagen kommt mein zweyter Brief an *Ihre Durchlaucht* mit der Aesthetik, aber – ohne die Dedikazion. Denn die philosophische Fakultät in Jena erlaubt mir nicht, *Sie* zu loben – ausgenommen ganz gemein, nämlich das Ungemeine! Der Zensur-Dekan fuhr noch fort zu erstaunen und zu verneinen, als ich ihm die Beweise zugeschickt, daß eine Person, die die Dedikazion gewiß so nahe angeht, als ihn selber, solche genehmigt habe, nämlich *Sie*. Was ist daraus zu machen? Nichts, als einige Bogen voll Ernst und Scherz, wenn *Ihre Durchlaucht* den Bogen, die den Ernst enthalten, das Imprimatur gewähren das der Dekan versagte; ich würde nämlich die Dedikazion, – diese ist der Ernst –, sammt der Geschichte ihres Isolirens – diese ist der Scherz, – nebst einigen allgemeinen Anmerkungen über meine und alle Zensoren, *besonders* drucken und brochiren laßen; ja ich könnte diese Zueignung *Ihnen* wieder zueignen. Ich bitte *Sie* sehr um diese Erlaubniß des Isolirens, da ja ohnehin *Ihre* Vorzüge *Sie* daran gewöhnt haben, isolirt und einzig zu seyn. Doch würd' ichs im schönen Falle des Ja! für meine Pflicht halten, *vor* dem Drucke *Sie* zu meinem *ersten* Leser zu machen, nicht aber – was nur *Sie* und der Himmel verhüten – zu meinem *letzten*.

Der stärkste Grund meiner Bitte ist dieser: *Ihre Durchlaucht!* geben *Sie* das Beispiel eines fürstlichen Großsinns, das *Sie* jetzt erst mir und dem philosophischen Dekan in Jena *verborgen* gegeben, den kleinstädtischen Deutschen – *öffentlich*, die nicht anders zu loben wissen, als chapeau-bas und tête-bas ou basse und bas.

Ihrer Durchlaucht

Bayreuth d. 22. Septbr. 1804.

unterthänigster verbotener
Dedikator
J. P. Fr. Richter.

Die Fakultät finde, bitt' ich, einen und den andern harten Leitton des Briefes, der anfangs nur für gütige, nicht für alle Augen geschrieben war, verzeihlich und halt' ihn vielmehr für einen schönen Silberton und Silberblick. Die Antwort darauf, Verehrtester, wird *Sie* erfreun; denn ohne sie hätten *Sie* nichts, und ich alles.

Dolce Giovanne.

Nur weniges, doch dieses für alle; doch auf den zweyten Brief, mein Theurer, vieles, aber das viele nur für den einzig theuern Richter.

Die Facultät hält vermuthlich Ihr Lob für Spott, und das ist sehr wenig schmeichelhaft für mich, der eitel genug ist, auch aus Ihrem Scherze, mein Freund, den Honig des Wohlwollens zu saugen. Doch verbieten *Sie*, lieber Richter, daß sich unsere Richter künftig um unser Lob bekümmern, und versprechen Sie ihnen, daß wir (schweigen sie –) bey unserm Lachen nie an sie denken wollen. Aber vielleicht hat der gute Dekan nicht so Unrecht? Doch ich kann mich selbst gegen Ihren Spott vertheidigen; dieß wird mein Polyneon genug beweisen, und meine vorlaute Kritomanie in ihm. Mais à propos! von Spott und Scherz, und Ernst; es war mein völliger Ernst, da ich *Sie*, panoramischer Freund, bat, mein bald erscheinendes Werk in einer lobenden Nachrede des Ihrigen, dem lesenden Deutschland anzukündigen. Izt, da Sie mir allein auf chinesisch an *einem* Tische einen Leckerbissen vorsetzen, welcher nur für die übrige Welt Neid erregendes Schauessen seyn wird, so könnten Sie ja auch, wie es meine ästhetischen Lieblinge* zu thun pflegen, der Schüssel die Invitations-Weigerungs-Nöthigungs-Einwilligungs- und Danks-Charten anhängen, die wir wechselten. Ich habe noch die Abschriften der Ihrigen und der meinigen. Diese vidimirten Briefe beweisen besser als alles andre dem Dekan, wie sehr er sich irrt, wenn er meine Ichheit in dem Schatten seines Doctorhuts zu sichern meint. Sagen Sie ihm das, und drucken Sie für und von mir, was Ihnen Freundschaft und *guter Geschmack* und muntere Laune einflößen. Nur sagen Sie sich, daß die gute dumme Welt manchmal böse seyn will, und daß ihr das Räthsel-Errathen selten gelingt. Ich umarme Sie, um mit verschränkten Fingerspitzen, gleich klopfenden Herzen und gleich stark schwirrenden Fittichen, dem Lichtziele des ächt Schönen entgegen zu streben. Stoßen Sie mich nicht zurück. Der Adler trug ja einst den leichten Troglodyt der Sonne zu. Thun Sie das auch Ihrem Freunde zu Liebe,

Gotha d. 29. Septbr. 1804. *Sebastos Phosphoros.*

Ich weiß aber nicht, verehrtester Brodherr, ob Sie nicht mich, Ihren Panisten, für einen pflichtvergeßnen Schelm gegen Sie ansehen, wenn Sie lesen, daß ich darauf so antwortete:

* Die Sineser. D.H.

Gnädigster Herzog,

Bloß mein Wunsch, *Ihrer Durchlaucht* mit diesem Blatte zugleich die Aesthetik zu schicken, verzögerte meinen Dank für *Ihren* letzten, so viel in Gegenwart und für Zukunft zugleich gebenden, Brief so lange. Noch jetzt hat der Buchbinder die 3te Abtheilung dem Publikum nachzuliefern, die der Setzer längst vollendet; und ich warte noch mehr auf ihn, um den dritten Theil einer Schuld bei *Ihnen* abzutragen, die *Sie* mir vielleicht lieber schenkten.

Wenn *Sie* unter dem Polyneon Ihr reiches Mährchen von der Liebe meinen – wie ich gewiß glaube, wenn mich nicht alles Erinnern und Errathen trügt: – so wissen *Sie*, mit welcher Freude ich dem Publikum meine frühere darüber und die seinige ankündige; aber jetzt erst werden mir ganze Stellen *Ihres* ersten Briefs erhellt.

An dem, der Dedikazion beischwimmenden Werkchen über die Preßfreiheit arbeit ich jetzt. Ihr Imprimatur zu Ihren eignen Briefen ist fast eine mehr, und ein schönstes Geschenk für mich. Aber aus Dankbarkeit für eine Güte, welche mir eben so viel Glanz zuwürfe, als dem Leser Vergnügen, muß ich anmerken, daß, wenn nicht wegen des *ganzen* Publikums, doch *dessen* wegen, das *Sie* regieren, manche Stellen – z.B. im ersten Briefe – nicht wie Himmelssterne, der Welt, sondern wie Ordenssterne einem einzelnen zugehören und bleiben müssen. Ich liebe aber solche Stellen so sehr, daß ich eben nicht den Muth hätte, auch nur eine andern zu entziehen; daher bitt' ich *Sie*, wenn *Sie Ihre* seltene bedeutende Erlaubniß des Abdrucks Ihrer genialen Briefe fort geben, mir die Auslassungen selber zu bestimmen, ferner welche Briefe; und dabei mir die Kopien der meinigen (von denen ich nur Splitter habe) zu senden, welche indeß, wie sie auch seyn mögen, in die Welt treten sollen, weil *Sie* schon die Welt für sie gewesen, und weil zweitens ein Buch-Vater, wie ich, nichts zu *regieren* hat als sich und etwa 32 Bände.

In 14 Tagen hoff' ich Ihnen die 3te Abtheilung, in 21 – das neue Manuscript zu senden. – Da ein Fürst immer so glücklich ist – was ein Privatmann selten wird, – jemand zu finden der aufschneidet und korrigiret, so bitt' ich *Sie*, es bei diesem Werke voll Druckfehler – in der Vorrede angezeigten – thun zu lassen; bevor *Sie* die größern finden –

Ihrer Durchlaucht

Bayreuth d. 18. Okt. 1804.

unterthänigster
J. P. Fr. Richter.

– Hierauf kam folgende Entscheidung:

Lieber richtender Freund!

Hier die Briefe, die Sie so gütig sind, auf dem Balcon der Publizität bleichen zu wollen. Was mit dem Kleesalz der Kritik noch von Flecken auszuziehen ist, das ziehen Sie aus. Schneiden Sie, stopfen Sie, flicken Sie, säumen Sie, und plätten Sie, was zu schneiden, zu stopfen, zu flicken, zu säumen, und zu plätten ist, und machen sie es wie der hochselige und in Gott ruhende Hofjunker Arouet, Freiherr zu Ferner, ob Sie gleich kein Franzose, Ihre Tochter keine Mamselle ist, und Ihr Schwiegersohn keine Ahnen ou ânes hat, und ich kein Spaniol schnupfender Hundefreund bin. Laugen Sie meine schmutzige Wäsche aus. Wessen Herzen im gleichen Tacte die Lebensruder bewegt, es sei unser Mulmul feiner als neunmal gespaltene Spinnegewebe, oder aus Segeltau geflochtener Zwillich, darf sich tadeln und bessern. Bei dem Tadeln und Bessern, fällt mir Ihre Kunst zu bestimmen ein. Ich sage nichts darüber, da ich schon alles selbst längst gefühlt, gedacht, aber noch nicht auswendig gelernt habe, und da ich mich nie selber lobe *als wenn man mir schmeicheln will.* Hier also, was Sie mich schreiben machten. Sie ändern so wenig als Sie können. Nur verbitte ich mir alle Gedankenstriche; – denn die Welt denkt nur, um zu verläumden, – und jede Lakune; – denn die Welt sieht sie für einen ausgetrockneten Morast an, den sie gern wieder mit ihrer Ichheit füllt. Auch diesen Brief haben Sie die Güte unter die schwarze Wäsche zu mischen, nur nicht mein Herz, meine Küsse, meine Liebe, und meine treue Anhänglichkeit an Ihnen, theurer Richter. Noch ein Geständniß, ehe ich unterschreibe. Ich suchte umsonst meinen Plaz auf den Bänken Ihrer Vorschule.

8. Oct. 1804. *August.*

Ihr Referendar, verehrtester Leser, hat hierauf nichts zu berichten als zweierlei, erstlich, daß die gedachte Wäsche aus Asbest oder Steinflachs eben darum in kein Feuer zum Weißglühen zu werfen war, weil sie schon aus dem stärksten eben herkam – und daß blos zwey Stellen weggebeten worden sind, durch deren Auslassung niemand etwas verlieren kann als *Sie*, verehrtester Leser! –

– Somit ist nun, Leser, meiner Pflicht gegen Sie genug gethan; nicht zum kleinsten Feldzuge mehr gegen die Fakultät bin ich verpflichtet, sondern höchstens zu einem artigen Friedensfest. *Sie* allein fechten und siegen; ich hingegen lege mich – während Ihres Siegens – ruhig und neutral auf philosophische Materien, worunter ich diesesmal am liebsten eine Untersuchung über die Rechte und Gränzen der Preß-Freiheit erlese. Ich überfeile nämlich in meiner glücklichen Neutralität eine Probeschrift über die Freiheit so wohl der Presse als der Zensur – welche ich im Frühling nach -en abgeschickt –, um sie dieser Berichtserstattung anzuhängen.

Ihr Verfasser – eben der gegenwärtige – hatte, wie er glaubt, gute Gründe zu ihr, so wol logische als ökonomische. Er wollte besonders in dieser Selbst-Einladungsschrift dem ** Bücherzensurkollegium seine Grundsätze über Bücherfreilassungen vorlegen, um sich vielleicht damit (noch hofft er's) den Weg zu einem Amte – nämlich eines Zensors – zu bahnen, da er leider (denn sein Legations- oder Ambassaden-Rath ist mehr Titel) nicht wie so viele Tausende seiner glücklichern Mitbrüder um ihn her einen Posten hat. H. v. – nahm die dissertatiuncula pro loco (so heißt sie) selber nach -en mit, übergab und empfahl sie dem Bücherkommissarius sehr gütig; nun thut sie da ihre Wirkungen und ich lasse mich gern in dem süßen Wahn hingehen, daß sie mir dort vielleicht nach zwanzig und mehr Jahren, gerade in der Noth des Alters, wo man Bücher nicht mehr zeugen, sondern nur verbieten und erlauben kann, in ein gutes Zensor-Aemtgen hineinhelfe und ich doch als Beamter abfahre. Hier ist sie mit sehr wenigen Abänderungen.

Nro. III.

Dissertatiuncula pro loco.

Erster Abschnitt.
Allgemeine geographische Einleitung in die philosophische Untersuchung.

Nichts hat mich von jeher mehr erfreuet als wenn ich im übrigen Deutschland die stärksten und einfältigsten Ausfälle auf die *** Staaten in Bezug ihrer Leseknechtschaft zu hören bekam, weil ich blos den Mund aufzumachen brauchte, um zu erweisen, daß eine Zensur und folglich eine Lese-Freiheit da herrsche, welche durchaus nicht uneingeschränkter seyn kann. Ich ließ daher gewöhnlich, – bevor ich den Hauptschlag that – die Spaßvögel erst auskrähen und fiel selber boshaft genug mit seinsollenden Einfällen ein, als z.B. damit, daß man allda nicht die Preßfreiheit hätte, die Preßfreiheit zu loben, ja nur den catalogus prohibitorum in dem in ein geistiges Gefängniß auf Wasser und Brod gesezten Lande zu nennen, so wie in der Fastenzeit die Ißländer (nach Olaffen und Povelsen) von Fleisch nicht einmal das Wort in den Mund nehmen –

und daß alsdann die Litteratur dem am Franziskanerkloster bei Montpellier liegenden See voll stummer Frösche gleich sey, welchen der H. Antonius von Padua das Quacken verboten* – – Aber (so unterfuhr ich plötzlich selber meine Zufuhr) setzt dieses Stummen-Institut nicht eine doppelte größte Sprechfreiheit voraus, die der Frösche und die des Heiligen? –

Denn so ist es in der That. Es ist ein schönes und unerwartetes Schauspiel, nämlich jene herrliche zensur-freie Lesefreiheit eben gedachter Staaten, welche so weit geht, daß es durchaus kein Werk giebt – sei es noch so zynisch, weltweise, ja gottes-staaten- und fürsten-lästerlich – welches sie nicht nur frei zu lesen erlaubten allen dortigen *Zensoren* (denn vom Pöbel sprech' ich hier nicht,) sondern sogar auch geböten. Diese Freiheit, alles zu lesen, was geschrieben wird, – eine grössere ist überhaupt nicht denklich – genießt nicht nur Ein glücklicher Zensor, sondern ganze Zensurkollegien; gleichsam als wolle der Fürst die letztern – sehr verschieden von einem Sultan, der sein Glück mit 40 verschnittenen Stummen umringt – als eben so viele verschneidende Redende um sich stellen. (Denn Denken ist Reden – leises, nach Plattner.)

Kann der Staat besser zeigen, daß er die alten Besorgnisse von zufälligem Einflusse eines Buchs auf schwache

* Es ist noch dazu die Frage, ob das Faktum nur wahr ist, denn es steht in des verdächtigen Berkenmeyers Singular. geographiæ.

Gemüther u. s. w. verachte, als wenn er die größte Lesefreiheit allen Zensoren ohne Unterschied gewährt, wozu unmöglich lauter Götterhäupter zu voziren sind, sondern auch Gassen- und Strassen-Köpfe, ja wol Austern- und Milben-Köpfchen, denen gerade die heimliche Lektüre der zügellosesten Manuskripte am ersten das, was sie ihr Gehirn nennen, versengen könnte? Rottete sich diese in so viele Städte gelegte Schaar zusammen: wie gefährlich könnte sie werden, wenn das Lesen gefährlich machte! Aber das Gegentheil wird so gewiß vorausgesezt, daß man solchen All-Lesern die allgemeine Sorge für die Orthodoxie, wie in Frankreich den Setzern die für die Orthographie, ruhig anvertraut. In der That sind sie die Menschen, die ein solches Vertrauen rechtfertigen und belohnen; denn unter ihnen ist jede Generazion eine neue unveränderte Auflage der vorigen, indeß sie selber durch Lektüre mit der Zeit so fortschreiten, daß sie zuletzt geistesarme Werke so häufig verbieten als ihre Vorfahren geistreiche; – wodurch sie den Wunsch und die Ehre, verboten zu werden, leise schwächen; da sonst Verbieten und Verschliessen den Büchern so viel schadete, als der Landmann den Raupen, wenn er sie, um sie auszurotten, in die Erde grub, worin sie sich eben verwandeln. So hörte in Griechenland der Ostrazismus auf, weil er zuletzt statt großer Männer schlechte verjagte, z. B. den Aristobulus.

Genau genommen ist jede Klage über Lese-Knechtschaft falsch, da eine heilige Nothwendigkeit der Natur uns, auf welchen Umwegen es auch sei, stets zur Freiheit führt. Denn so wie es keinen reinknechtischen Staat voll Knechte gibt, sondern im Sklavenschiff stets einen freien Kapitain, einen Bey und Dey, der als der einzige Träger der Menschenrechte sie desto reicher entfaltet: so ist auch ein Staat voll lauter Lesesklaven, eine ecclesia pressa ohne eine ecclesia premens, kurz ein Kerker nicht möglich, worin der Schliesser selber mit eingeschlossen wäre, sondern freiere *Schrift*-Sassen, die Zensoren, genießen und behaupten eben das Glück und Recht, das man vermissen will.

Dieselben innern und äußern vor Mißbrauch bewahrenden Gesetze, auf welche sich z. B. der liberale preußische Staat bei den Lesern der Druckschwärze verläßt, setzet jeder als illiberal verschriene bei den Lesern der Dinte voraus, und nimmt wie sonst Buchdrucker nichts Heterodoxes, zu drucken schwuren ohne den Wiederdruck einer Widerlegung, letztere, aber nur innen beigefügt, bei jedem Zensor an. Immerhin mögen dann solche freie Staaten des Dinten-Lesens die übrigen gemeinen zu keinem Zensiren besoldeten Seelen scharfen Verordnungen unterwerfen; sie sollen immerhin Menschen, die nicht einmal von weitem zu dem Zensurkollegium gehören (etwa als Bücher-Träger, Offizianten etc.) alles ganz strenge verbieten und ihnen Denk-Knebel und statt des Fußblockes den Kopfblock anlegen: mich dünkt, sie werden hier doch nichts thun, als was die Griechen längst gethan, welche nicht litten, daß Gesänge der Freiheit, überhaupt Gedichte von den Sklaven gesungen wurden.

Anstatt also mit den ** Staaten Verringerung der Zensoren zu bestellen, hat der Freund der Freiheit nichts zu wünschen und zu betreiben, als die ungeheuerste Vermehrung derselben. In jeder Landstadt, in jedem Marktflecken sollte alle Welt, wenigstens wer Geschriebenes lesen kann, verbunden seyn, und sich selber anbieten, Sachen zu zensiren und vorher durchzulaufen, theils um dem Staate zu zeigen, daß er so gesund ist wie jeder andere Zensor, theils um gemeinschaftlich für die geistige Gesundheit der übrigen nicht lesenden Staatsbürger sorgen und verbieten zu helfen. Nur möchte, wenn man so viele Zensoren anstellte, als es jetzt Leser giebt, von Sachverständigen zu erwägen seyn, ob der Umlauf eines Manuscripts, die Abnutzung, die Verspätung desselben, desgleichen die unleserliche Hand, überhaupt die Schreibzeichen nicht es räthlicher machten, wenn für die Zensoren, d.h. für die hier möglichen Leser – 300,000 deutsche Leser soll es nach Feßlers Zählung geben – der Schnelle wegen die Handschrift vervielfältigt würde, so daß wenigstens 100 Leser ihre besondere, und also 300,000 ungefehr 3000 Exemplare hätten; was in unsern Zeiten ja so leicht zu machen ist, durch die Druckpresse, welcher keine Abschreibfeder nachkommt. Solche leserlich gedruckte Manuscripte für sämmtliche Zensoren – gleich Lavaters gedruckten Manuscripten für Freunde – könnten alsdann die Buchhändler, als Offizianten der Zensurkollegien, ausgeben, und der Staat hätte keinen Heller Ausgabe; ja anstatt des Zensurgroschens pro Bogen, müßte der Leser selber einen Lesegroschen pro Band erlegen. Längst wurde daher auch diese Einrichtung schon von Staaten und Städten, die mehr geistig reich sind als leiblich, z. B. in Berlin und Weimar getroffen; nur daß sie eben darum das ganze Zensir-Geschäft – wie Athen die Kriegs-Zurüstungen – blos Privat-Instituten überliessen, welche unter dem Namen Rezensuren oder Rezensionen meines Wissens durch ganz Deutschland bekannt genug sind, und welche eben stets das lesen, was nicht zu lesen ist, sondern zu verbieten.

Zweiter Abschnitt.

Unterschied der Denk-, Schreib-, Druck-, und Lese-Freiheit.

Gegenwärtige Lokal-Dissertaziunkel geht nun, ihrer Bestimmung nach, tiefer in die Materie, und verlässet die besondere Beziehung auf die ** Staaten. Inzwischen wird doch auch der letztern Sache unter der Hand fort verfochten; denn die höchste Lese-Freiheit, welche die Abhandlung den Menschen überhaupt erstreitet und zusichert, kommt also auch z. B. den böhmischen, mährischen, ungarischen Zensoren und den Staatsgründen ihrer Einsetzung zu Gute.

Wahrscheinlich muß ich – zumal da ich in der Universität der größten deutschen Stadt zwar nicht einen Grad, aber doch ein Aemtchen suche – vorher scharfsinnig absondern und feststellen; ich zergliedere daher das Wort Freiheit in die in der Aufschrift angezeigten vier Weltgegenden und Welttheile. Die erste, die *Denkfreiheit* hat meines Wissens bisher Niemand verboten als der Schlaf, der Rausch und die Tollheit; das Bette, die Bier- oder Weinbank, und die petites maisons sind die Ruderbänke und Sklavenschiffe des Denk-Ichs – Keine Zensur und keine Inquisition, setzen in einen solchen wahren *Personal*-Arrest als gedachte böse Drey. – Auch die *Schreib-Freiheit* wird – wenige Kerker ausgenommen – in ganz Europa jedem frei gelassen, schon weil sonst die Zensoren, sobald nicht alles geschrieben werden könnte, antizipirt wären und nichts zu verbieten hätten, und mithin ihre Gehalte mit Sünden zögen; sie wären dann eben so gut Polizei-Lieutenants im Himmel.

Hingegen *Druk*freiheit und *Lese*freiheit! – Aber wie verschieden sind beide, so verwandt sie auch scheinen! Es läßt sich, wenigstens im Allgemeinen, denken und retten, daß ein Staat sich von Ketten der Zeit und der Stelle zum Verbote, ein an sich schätzbares Werk zu *lesen*, gezogen glaube; aber kann er darum den *Druck* verbieten, und so das Verbot des Lesens auf alle fremde Staaten und Zeiten ausdehnen? Ja gesetzt, alle lebende Staaten hätten dasselbe Bedürfniß des Verbots: woher bekommen sie das Recht, damit künftige Zeiten zu beherrschen? Dürfte ein sthenisch krankes Land darum alle Weinberge und Thierreiche ausrotten, – anstatt sie zu untersagen, – oder alle Hunde – wie Britten die Wölfe – weil sie wüthig werden?

Ein Buch gehört der Menschheit an, und der ganzen Zeit, nicht seinem zufälligen Geburtsort und Geburtsjahr, es wird wie die moralische Handlung zwar in der Zeit, aber nicht für sie, sondern für die Ewigkeit geboren. Das Meer und der volle Buchdruckerkessel sind Welteigenthum, und nur die Küsten haben Herren. Wie kommt nun ein unbekannter Zensor dazu, der Richter, Lehrer und geistige Eß-König einer ganzen Ewigkeit zu seyn, der Regent eines unabsehlichen Geisterreichs? Denn darf er nicht das bloße Lesen, sondern den *Druck* an sich verbieten: so darfs jeder andere Zensor und in jeder andern Zeit ja auch, und folglich wär es ganz leicht und ganz gesetzmäßig, das Werk selber zu vernichten, z. B. eine Spinozas Ethik, eine Kants Kritik, oder die Bibel selber, oder alle Bibliotheken in der Welt. Denn der Zensors- und Omars-Vertilgungskrieg gegen Bücher gilt blos – allen. Aber Himmel! warum verbot man dann überhaupt nicht gleich früher lieber statt eines Drucks die Buchdruckerkunst überhaupt? und statt eines Lesebuchs Buchlesen insgesammt? – Denn jede Einschränkung wäre eine viel zu gefällige Nachsicht für Menschen, welche gern zeigen möchten, was sie aus ihrem Abc-Buch geschöpft haben, nämlich nicht nur die übrigen Buchstaben d e f ff g h i etc., sondern auch flinkes Lesen.

Jene Zensur-Maxime aber angenommen, so wird jeder Litterator, der nur ein gelehrtes Sachsen, Niedersachsen, England, schreibt, geschweige ein gelehrtes Europa, Asien, Afrika, Amerika, wissen und fühlen, was eingebüßet werden kann, schon aus dem, was schon verloren gegangen. »Wie, (darf er sagen) man sollte keine neuen Bücher zu Rathe halten und zum Druck befördern, da schon so unzählige alte umgekommen sind, nach Morhof (Polyhist. c. v. de ordine biblioth.) klassische gerade 100,000; – und sonst die vielen andern, z. B. die vom sinesischen Kaiser Xiu verbrannten; die von Cromwell eingeäscherte Bibliothek in Oxford; die vom Kardinal Ximenes bei der Einnahme von Granada verbrannten 5000 Korans – wiewol doch der Urtext restirt –; die aus den Zeiten der schwäbischen Kaiser eingeäscherten Dokumente und überhaupt die Makulatur von Jahr zu Jahr? O wie würden wir alle die Sterblichkeit und die Würde eines Buchs mehr wahrnehmen, erschiene in beiden Messen nur eines und das andere!«

Aber, könnte man sagen, den zufälligen Geistermord z. B. an Kants Kritik konnte auch der Zufall verüben am Mspt, als es auf dem Postwagen nach Riga ging; ja Kants Kopf hing ja noch früher von der Wehmutter ab, die, als er das Licht der Welt erblickte, am ersten machen konnte, daß er kein Licht der Welt wurde, indem sie mit einer nicht schreibenden, nur pressenden Hand ihn für alle Systeme so zuründete, daß er Jahrzehende später nichts geschrieben hätte als Ja, Ja?« – Ganz gewiß! Und dieß ist eben die Größe der Gottheit und ihrer Welt, daß sie das Größte ans Kleinste, Welten an Lichtfaden, die Ewigkeit an Minuten hängt, – sich bewußt ihrer Ueberfülle von Kraft, Zeit und Raum; aber darf der kleine Mensch seinen Bruder lebendig begraben, weil es das Erdbeben thut? – »Folglich, könnte man fortfahren, wurde noch nie eine Wahrheit unterdrückt auf der unabsehlichen Erde voll Geister und Zeiten?« – Ich glaubte es selber, wäre die Erde die Welt; aber eben der Reichthum des Seins, die Welt voll Welten verstattet so gut das Aussterben eines Gedanken auf der Erde als das des Mahmuththiers – ja sogar Ein Mensch kann nur Einmal auf der Erde erschienen sein, sogar im Monde, im Jupiter, im Saturn und dessen Ringen und wo denn nicht? Im Universum selber. Wer fühlt in sich eine Nothwendigkeit der Wiederholung in der Zeitlichkeit?

Folglich gehe der zeitliche Mensch fromm zu jedem Lichtstrahl, der hie und da aus der hohlen Wolkendecke auf seine Erde und Erdenstelle fährt, und spanne unter dem Gewölke nicht vollends den Sonnenschirm der Zensur auf.

Dritter Abschnitt.
Zensur des Philosophirens über Wahrheiten überhaupt.

Um nichts vorauszusetzen, muß von neuem sehr glücklich eingetheilt und auseinander gerückt werden. Es gibt nur drei Gegenstände der Zensur: 1) *Wissenschaft* (oder Philosophie), 2) *Kunst*, 3) *Geschichte* im engsten und weitesten Sinn; und nur zwei Zensur-Beziehungen derselben, entweder auf ihre Objekte, oder auf deren Behandlung.

Zuerst ist vom *Philosophiren* zu handeln, und zu fragen, ob ihm die Zensur über die Objekte – *Moral, Regierungsform* und *Landes-Religion* – zu verbieten habe.

Wer überhaupt zu philosophiren anfängt, kann sich nicht, ohne auf der Schwelle umzukehren, irgend ein Objekt als Gränze setzen, weil ein Gränz-Objekt schon ein Resultat wäre, da er doch eben philosophiret, um eines zu finden, ja in derselben Minute hätt' er schon über das Objekt hinausphilosophirt, sich aber nur gefürchtet, schärfer und länger in den dunkeln Raum darhinter zu blicken. Und was berechtigte nun den Menschen zu irgend einer Scheu vor Resultaten? Wer als wahr voraussetzt, daß irgend eine feindselige Wahrheit wie ein Basilisk in einem dunkeln Universums-Winkel lauere und niste, welche, ans Licht getrieben, jeden vergiftet, welcher sie ansieht: der hat selber schon den giftigsten Basilisken ins Leben gejagt, nämlich die zweite Voraussetzung – die Mutter der ersten –, daß in der Ewigkeit ein urböses Prinzip, ein vermummter Würge-Gott, das Universum in seinen Tatzen halte und aussauge; welches unter allen Gedanken, die der Mensch haben kann, durchaus der gräßlichste ist. Käme dieser Basilisk nicht an seinem eignen Wiederscheine um, so müßte man sich vor nichts mehr hüten als die Augen aufzuthun, und müste so lange zittern, als man dächte. Da aber doch alle Menschen die Wahrheit ohne Fürchten suchen: so entdeckt man freudig das allgemeine kindliche Vertrauen, es könne uns Kindern im wiederhallenden Weltgebäude kein Riese begegnen als der Vater.

Was darf sich dem Auge der Wissenschaft entziehen, da sie nicht nur ihr Auge selber bis zum Skeptizismus wieder prüft, sondern sogar das heiligste, worauf die Geister ruhen, das Gewissen? – So groß sind diese Rechte der Wissenschaft, daß ihr gegenüber die Moral (die Mutter der Rechte) ihre eigne Vernichtung, wenn sie zufällig aus dem Wissen hervor zu gehen schiene, recht heißen müßte, obwol eben dadurch wieder aufhöbe. Allein dieselbe Moral, die dem Philosophen nicht verböte, ihr Gegentheil, wenn er eines erträumt hatte, bekannt zu machen, beföhle ihm gleichwol, mit Moral gegen die Moral zu schreiben; sein schreibendes Handeln dürfte sich nicht an sein schreibendes Denken kehren. So tief und fest wurzelt das Geister-Herz in uns und gibt den feindlichen Kopf frei und doch nie sich gefangen; und so frei und unschädlich trägt wieder der Wahrheits-Geist sein Haupt, eine ernste Stellung, die nur ihren Feind versteinert mit dem Medusen-Kopf des Schilds.

Da kein Zensor das Recht seiner Verbote auf den Besitz und Schirm von *Wahrheiten* gründen kann – weil sonst alles Schreiben und Prüfen zu spät und unnütz käme und man statt aller Nachtwachen, Gaben, und Bibliotheken nichts brauchte, als blos beim Zensor einzusprechen, und sich von ihm die nöthigen Wahrheiten abzuholen; weil man ferner sonst alle Bücher besser in lettres toutes prêtes* verwandeln würde; weil die Zensoren in verschiedenen Ländern als Päbste und Gegenpäbste einander die Unfehlbarkeit bestreiten; weil der neue Zensor oft von dem ältern verboten wird, indem die Menschen und er sich auf den Zeiten heben; und endlich weil die ganze Sache eine allgemein anerkannte Narrheit ist, nämlich die Voraussetzung, daß der Zensor blos Irrthümer verbiethe, die Wahrheiten folglich besitze – so muß er sein Recht, die Untersuchung zu beherrschen, auf etwas anderes stützen als auf den Werth oder Unwerth der Ausbeute. Dieses andere ist nun deren *Einfluß* – nicht auf die Philosophen selber; denn hier ist jeder der Zensor des andern, und jedes ächte gewaltige System, z.B. das kritische,

* Zu Paris verkauft man Trauer-Freuden- etc. Briefe, in welche der Käufer bloß seinen Namen setzt, ehe er sie abschickt.

macht, wie die Vesuvs-Asche, nur die ersten Gewächse welk und siech, später aber alles fruchtbar; sondern – auf das *Volk*.

Das arme Volk! Ueberall wird es in den Schloßhof geladen, wo die größten Lasten des Friedens und des Kriegs wegzutragen sind; überall wirds aus demselben gejagt, wo die größten Güter auszutheilen sind, z. B. Licht, Kunst, Genuß, ja bloße dritte Feiertage. Wenn man nun fragt, wie viel Mann stark das Volk ist: so schwindet gegen seine Volks-Menge die regierende und gelehrte Mannschaft ganz weg. Was ist das noch für eine Erde! Bricht man sie, wie jenen neuesten Planeten, in ihre drey Stücke auseinander, in die (herrschende) *Juno*, in die (gelehrte) *Pallas* und in die (ackernde) *Ceres*: so kommen zwei Erdkörnchen und ein Erdkörper heraus, welcher als Trabant und Nebenplanet um beide Körner läuft, um theils erleuchtet, theils bewegt zu werden.

Mit welchem Rechte fodert irgend ein Stand den ausschließenden Besitz des Lichts – dieser geistigen Luft –, wenn er nicht etwa eines aus dem Unrecht machen will, desto besser aus dem Hellen hinab zu regieren ins Dunkel?

Kann ein Staat – ohne sich heimlich zu einem Sklavenschiffe auszubauen oder auszurufen, welches Freiheitshüte wegnimmt, um Zuckerhüte zu bekommen – die Entwicklung der Menschheit nur einzelnen erlauben, als schenk' er die Menschheit wie Orden und Gnadengehalte, erst her, und könne deren Entfaltung, wie Erfindungen, erst patentiren? – Vielmehr ist umgekehrt das Recht zur Entwicklung desto stärker, je kleiner sie ist, das zur ersten dringender als das zur höchsten; so wie der Unterthan mit mehr Recht den Proviantbäcker als den Zuckerbäcker fodert, mit mehr Recht großes Thränen- und Gnadenbrod als die petits soupers.

Aber hierauf existirt eine der ältesten Einwendungen, – die wahre graue Kronbeamte des ersten Despoten-Throns, – daß nämlich das Volk, wie Pferde und Vögel, geblendet, viel schöner in der Roßmühle und auf dem Vogelheerde, diene so wohl dem Selbst-Interesse als dem Staatsinteresse; »braucht man denn mehr, fährt man mit besonderm auffallenden Feuer fort und fragt – als die neueste Geschichte und jede vorher, um zu sehen und zu hören, wie das Volk vom Wuste unverarbeiteter Kenntnisse sich nur blähe, statt nähre, und mit der Luft des Kleefutters, das ihm die Schreiber und Herren von Kleefeld geben, sich so lange quäle, bis ihm der Staat mit dem Flinten- oder Windzapfen-Spieß* zu Hülfe lauft? Gott! wie gefährlich war Frankreich aufgebläht, da kaum wenige Frösche davon wenige Lilien eingeschluckt hatten, und wie schwer wurde der großen Nation die falsche Größe geheilt! Das bedenke aber jeder, der eintunkt!«

* Windzapfenspieß ist ein neu erfundner Trokar; Flintenspieß nennt Campe das Bajonnet.

Diese böse Alte vom Berge, nämlich die Objekzion, setzt spitzbübisch erstlich voraus, daß das Sonnenlicht nur auf den Bergen nütze, in den Thälern aber schade, und daß Mangel an Kultur nicht die höhern, sondern die niedern Stände gegen Ausartung beschirme, wie nach den Orientalern Gott die Menschen darum von Sinnen kommen läßt, damit sie nicht sündigen können – daß das Licht alle, welche Steuerruder, Kompasse, Mastkörbe innen haben, nicht verblende und verbrenne, sondern nur solche, die Segel und Ruder zu bewegen haben – und daß endlich mißverstandene Wahrheit nur unten beim Volke zu einer misgebrauchten Wahrheit werde – –

Ob aber von den obersten Ständen die Wahrheit nicht eben so gut mißverstanden werden könne, erwähnt die Alte vom Berge und Throne aus Absicht nicht; vielleicht aus Höflichkeit, weil sonst, denkt sie, die Zensur zuweilen manches eben so gut einem Fürsten als seinem Volke zu verbieten hätte, z. B. den geistreichen Machiavell und den geistreichen Wein und zwar um so mehr, da ein böses Buch leichter und gefährlicher Ein regierendes Haupt beherrscht als tausend Bücher tausend regierte Köpfe. – –

Aber der Punkt ohne weiteres Punktiren ist der: die Thiere, die Gott einmal als solche anstellen will in seiner zweiten Welt, hat er mit den deutlichsten Marken auf diese gesetzt, z. B. Maul-, Stink-, Pflanzen- und andere Thiere; was klüger werden sollte, sieht ganz wie ein Mensch aus, z. B. der Bauer. – Mißverstandne Wahrheit ist freylich zu untersagen als solche, weil sie ja ein Irrthum ist, so wie ein verstandner Irrthum ja keiner. Aber dann liegt folglich doch nur das Mißverstehen, nicht das Verständigen der Wahrheiten dem Staate zu verhüten ob; oder er müßte ein Recht, Wahrheiten zu verbieten, kennen, das folglich ein zweites einschlöße, Irrthümer zu gebieten und zwar die nützlichen jedes Jahrhunderts, z.B. im neunzehnten die des neunten.

So gut irgend eine Menschen-Masse über das Mißverstehen hinüberkam, so muß es jede andere eben so wohl vermögen und auf dieselbe Weise; nämlich dadurch, daß die Erleuchtung ihre Grade durchgeht, und daß man nicht die Sonne dem Monde, dem Morgensterne und der Aurora vorausschickt. Der Staat, wie eine Erziehung die Entwicklung bloß negativ besorgend, hat nur abzuwenden, daß das Volk nicht von hinten und in der Mitte anfange, nicht das Facit statt des Rechnens lerne.

Da nun das Volk weniger lieset als hört und die Kanzeln seine Buchläden sind: so bezieht sich für dasselbe das theologische Zensorat auf Prediger und auf keine andern Bücher als auf die symbolischen. Von dieser Untersuchung gehört nichts hieher als die kürzeste Meinung: symbolische Bücher sind jeder positiven Religion unentbehrlich, nur aber sollen sie von Zeit zu Zeit eine verbesserte Auflage erleben durch den geistigen Staat, nicht durch Ein Pfarramt. Daher kann der Schwur auf symbolische Bücher, wenn er nicht einen sinn- und ehrlosen

Gehorsam*, oder ein Versprechen eines künftigen, also ewigen Glaubens, d.h. einer jetzigen Unfehlbarkeit ansinnt, nichts in sich schließen und bedeuten, als statt jenes Meineids gegen sich selber, das höhere Versprechen, den *Unterricht* des Volks an dessen lebendigen *Glauben* zu knüpfen, nicht aber umgekehrt diesen Glauben, der den ganzen heiligen Lebens-Kern und den Schatz aller Zukunft und Hoffnung in der dürftigen von enger Gegenwart erzogenen Seele in sich schließt, durch ein flaches Nein, wie ein Herz aus der Brust zu ziehen, und nun die ausgeleerte Brusthöle ohne Schwerpunkt auf dem Weltmeer alles Meinens treiben und schwimmen zu lassen. Gibt es etwas Grausameres als die Kandidaten-Sitte, dem Volke den Glaubensboden zu verschieben oder zu versenken in ein kühles Wort-Meer einer herabgetropften aufgefangenen System-Wolke – und nun auf das bodenlose Wasser doch Samenkörner auszustreuen? Kommt der leere Ertrag des Echo-Neins auf fünf oder sechs orthodoxe Irrthümer in Betrachtung gegen das köstliche Aufopfern und Auswurzeln eines alten Glaubens, der lebte und belebte? Erstattet ein Meinen irgend ein Fühlen? Und

* Wie unwürdig des großen poetischen Namen *Gottes-Gelehrten* sind die, welche mit irgend einer Selbst-Noth das Recht eines Meineids und fortgesetzter Lehr-Lügen zu bekommen glauben, wie etwa der Talmud (Talm. XI. Biccurim K. 2. M. 1. Note 21: von Rabe) erlaubt, das Gesetzbuch zu verkaufen, um eine Frau zu nehmen.

wovon will man denn Impfreiser ernähren, wenn man den wilden Stamm aushöhlet? Wahrhaftig, würde nicht zum Glück dem Nachsprecher auf der Kanzel nur wieder nachgesprochen in den Kirchenstühlen; sondern verstände das Volk genugsam die ihm dargereichte Unverständlichkeit: so müßte der Riß unheimlicher Meinungen in die einheimischen das Innere so schmerzlich aus einander theilen als bei uns geschähe, wenn in unser Erkennen und Erproben der gegenwärtigen Welt plötzlich ein unheimlicher Geist einbräche mit seinen Sätzen einer zweiten, dritten, vierten Welt.

Eine andere Untersuchung wäre es – die aber seitwärts bleiben muß, wenn nicht eine in die andere fahren soll – ob folglich nicht der Schulmeister- und Lehrstuhl größere Freiheit zu fremder Entwicklung besitze und begehre als der Kanzelstuhl. Denn dem Kinde ist jede Welt zu geben; indeß im Vater bloß eine gegebene alte zu bewegen und zu befruchten ist; das Alter besteht aus lauter Gegenwart der Vergangenheit, die Jugend aus Gegenwart der Zukunft. – Das Kind, ohne Zeit wie ohne Sprache geboren, nimmt die fernste so leicht an als die nächste; ja der Schullehrer kann noch leichter in Zuhörern als der Autor in Lesern Jahrhunderte antizipiren. Nur gebietet diese zweite Untersuchung, die nicht hieher gehört, vollends eine dritte noch fremdere, wie nämlich hier das Lehren gegen das feindliche Leben auszurüsten sey, die antizipirte Zukunft gegen die eindringende Gegenwart; obgleich dieß bey der Jugend, für welche das Lernen eben ein Stück Leben und die Schulstube ein Welttheil ist, leichter angeht als bey dem Alter, an welchem eine neueste Schule zugleich eine älteste und ein reifes Leben bekriegen muß.

Doch erlaube man mir, auf einen Augenblick in die auseinander gerückte Schulstube, nämlich in den akademischen Hörsaal hinein zu hören, um zu wissen, welche Lehrverbote an dessen Thüren anzuschlagen sind. Man kann fragen, wenn der Staat ein Recht hat, die Bildung des Volks und folglich zwar nicht das Schreiben, das der Welt und allen Zeiten angehört, aber doch das Sprechen oder Lehren, das nur einer bestimmten Zeit und Menge dient, zu bewachen: wo kann er den Hebel, der die hörende Volksmasse bewegt, besser ansetzen als auf der Akademie, wo der künftige Lehrer des Volks selber erst gelehrt wird, und der Säemann gesäet, nicht der Saame? Ein akademischer Lehrer wirkt bei gleichen Kräften tiefer in den Staat hinein und hinunter als tausend Autoren, die er noch dazu mit bilden half; auf seinem Lehrstuhle dreht er eine Spinnmaschine von tausend Spindeln um. Eine Akademie ist die eigentliche innere Staatsmission und Propaganda, besonders da sie eben die rüstige, leicht empfangende und lange fortgebährende Jugend mit ganzen Generazionen befruchtet.

Auf der andern Seite ist zu sagen: eben darum, eben weil die Akademie noch der einzige hüpfende Punkt, wo noch der geistige *Bildungstrieb* gestaltet, in den neuern Staaten ist, die nur durch *Gewalt* abformen und ausmünzen: so taste die Macht die letzten Staubfäden organischer Bildung nicht mit ihren Scheeren, Poussiergriffeln und Lad- und Prägstöcken an. Der Staat lasse doch einmal den innern Menschen sich die lebendigen Gliedmassen selber zubilden, eh' er ihm später die nöthigen Holzbeine, fausses gorges, ventres postiches, barbes postiches und goldenen Hüften anschienet. Warum verliehen unsere sinnvollen Alten den Musensitzen ihre akademische magna charta? – weil sie *Sonnen*lehn des Musen- oder Sonnen-Gottes sind, weil der Erkenntnißbaum nur als Freiheitsbaum wächset, weil die Musen als Göttinnen in einer salpetrière, oder Fronveste und Wachstube sich nicht zum besten befinden. Man hat nämlich unsern ewig-jungen Alten bei den Meß-Freiheiten, die sie jenen Musenbergen und Musenthälern gaben, nur politische Rücksichten untergelegt, ohne die höhere anzurechnen, die jeden Jüngling noch beglückt, der auf einer Akademie nicht geboren wurde, sondern erst inskribirt. Die akademische Zeit ist die Zeit der *ersten Liebe* gegen die Wissenschaften; denn wie die andere erste Liebe sogar vor dem gewichtigen realen Geschäftsmanne und Geschäftsweibe mit einem fremden Mai-Schein, mit einem Dichtungs-Frührothe auf der schwarzen Moor-Erde umherfließt, und dann plötzlich verfliegt und versiegt, weil der Frühregen einfällt und den Lebenstag dumm-grau anstreicht: so ist die akademische Zeit eine poetisch-wissenschaftliche, welche (wenigstens bei den Schülern) nie mehr wiederkehrt – es ist der kurze Durchgang eines erdigen Wandelsterns durch die Sonne des Sonnengottes – und das nicht einmal blos, sondern es ist das frische dämmernde Leben vor dem Morgenstern, der wie dem Herzen, so dem Denken die schöne Aurora verkündigt, die später nichts verkündigt als nur eine Tags-Sonne – Alle Fackeln des Wissens sind der Jugend nur Brautfackeln, die künftiges Leben blos anzünden, nicht einäschern – Der Glanz verbirgt dem Jüngling die Handels-, Kriegs- und andere Stadt, die sich um seinen Musenberg mauert und der Lehrstuhl reicht ihm über jede Höhe, sogar den Fürstenstuhl hinauf – und die politischen Sorge- und Weber-Stühle stehen und schnarren weit von ihm in der Heimath.

Wenn nun der Staat die Jugend als das Lebens-Herz seiner Zukunft schonen muß, dem er nicht genug Nervengeist und Blut zuführen kann, damit es unter der Quetschform hoher Akten-Kästen, welche dem Präsidenten, dem Departementsrath u. s. w. wie einem Griechen nichts mehr zu lesen erlaubt, als Geschriebenes, noch ein wenig geistig-munter schlage, nicht in einem Winterschlaf nachzucke: so dürfen die Sitze auf dem göttlichen Musenberge nicht in Bänke von Bürgerschulen umgebauet werden; gegen die flüchtige Aurora des Idealscheins sind die Jalousie-Läden der hölzernen Realität nicht nöthig. In

Rüksicht der Lehrer sollte über die Frage, wie die Gewalt den Geist zu rektifiziren habe, wenigstens der Geist früher als die Gewalt entscheiden. Der gemeine Lehrer bedarf selten der Zensur, weil er meistens von selber das ist, was sie nicht verbeut; höchstens würde an ihm ein Johanniswürmchen zu konfisziren seyn, das den Mondschein unterbricht. Der geniale Lehrer braucht, gesetzt die bejahrte Menge wollte der Riesenkraft nicht erlauben, sich und andere zu emanzipiren, indeß dieselbe Menge von derselben Kraft Freilassungen annähme, wenn sie jünger wäre, ein solcher Lehrer braucht über seinen Geist keiner Aufsicht, zumal von Körpern –; kein genialer Geist als solcher kann sündigen und schaden, nur das Talent; blos Engel, nicht Götter können abfallen und aufhören. Man sollte deswegen vorher, ehe man über ein zufälliges Lehrgebäude erschrickt und gebeut, das ein Genius in junge Gemüther wirft, sich erinnern, daß diese Gebäude, diese umgekehrten Städte und Länder und Säulen als morganische Feen, von selber verrauchen, indeß die gebährende bleibt und steigt, welche den Jünglings-Morgen mit den Gestalten ausfüllte; man sollte nämlich erwägen, daß der Jüngling besser jedes durchgreifende Lehr-, ja Irrgebäude bewohnt als gar keines, weil der systematische Körper verfliegt und der ideale Geist zurück bleibt. Was ist denn an irgend einer Meinung überhaupt von Bedeutung ohne den Geist, der sie mittheilt und den, der sie auffängt? Ist nicht dieselbe heiligste Religion mit denselben

Meinungen und Stralen bald wie Frühlingswärme, bald wie Mordbrand auf die Welt gefallen, je nach dem Wechsel der Geistes-Medien, durch welche die Stralen fuhren?

Vierter Abschnitt.

Zensur des Philosophirens über Regierungsform.

Wenn die Vernunft Götter und zweite Welten in ihr Zergliederungshaus fordern darf: so hat sie auch ein *Recht*, dasselbe feine Messer an den Staat und seine Form zu legen, gesetzt sogar sie zöge daraus lauter Mängel ans Licht. Denn die Vernunft kennt in ihren Forderungen nur eine Menschheit, nicht einen einzelnen oder eine Menge. Ja jede Staatsform würde sich für Un-Form erklären, wenn sie fürchtete vor dem Lichte, wie Hornsilber, schwarz zu werden und zu verlieren. Aber dieses *Recht*, sogar zu schaden, würde wohl keiner Philosophie den Weg in Staaten bahnen, die es lieber allein ausüben, wäre nicht zu erweisen, daß die ächte ihnen nichts bringen kann, als nur *Nutzen*.

Nie hat Philosophie mit ihrem weiten Tageslicht, dessen Allgemeinheit nirgends auf die engen Punkte der Zeit verdichtet fallen kann, die Früchte der Leidenschaft reifen können. Das Licht hat keine Schwere, und sucht statt der dicken Erde den leichten Himmel. Eben die philosophische Weite gibt, wie die dichterische, die duldende Ueberschauung der Menschheit, und folglich jedes einzelnen Aktionisten daran. Die Philosophie löset, wie alle auflösenden Säuren, das schwere Metall – hier ists Krone und Zepter – so durchsichtig in sich auf, daß man nur das Menstrum, nicht irgend einen Körper darin sieht.

Warum glaubt man überhaupt, daß verderbliche Bücher so großes Unheil stiften können? Ich wünschte, sie könnten dieß stark und schnell; dann brächten gute desto leichter Heil; ja noch reicher; denn das Gute bliebe stets auf der Seite der Kraft, weil es nicht dumme Engel, nur dumme Teufel gibt. Aber Wissenschaft und Kunst gleichen eben jeder Musik, welche im großen Luftmeer nur liebliche sanfte Schwingungen macht, die nichts beugen und wegnehmen, indeß die Faktion und Leidenschaft dem Winde ähnlich ist, der im Luftmeer strömt und niederreißt und heult.

Ist nicht alles Stärkste über alles schon tausendmal gesagt, und kann ein Buch verboten werden, das nicht ein Nachdruck der Vorzeit wäre?

Wuchsen die Staats-Umwälzungen seit dem Nachtschatten des Mittelalters mit dem Verdünnen desselben in Halbschatten, in Viertels-, Achtels-Schatten? Nahm Denken mit Empören in gleichem Verhältniß zu? In umgekehrtem höchstens.

Wankten und fielen vor der Erfindung des Drucks Thronen nicht öfter? Stiegen nicht die größten Wetterveränderungen in dem Dunstkreise des Geisterreichs ohne

Dinte und Druckerschwärze auf durch Sonnen wie Christus, Sokrates, Pythagoras, welche sämtlich nicht schrieben? Nur erst unter seiner Auflösung fing der pythagoräische Bund zu schreiben an*.

Und doch war nur damals ein Autor das, wozu Friedrich der Einzige den spätern Autor ausrief, nämlich ein Regent des Publikums; und die Feder damals ein Zepter. Jetzt hingegen ist der Preßbengel ein sehr niedriger Regenten-Thron. Bücher wirken jetzt wegen ihrer Menge weniger, eben weil sie dadurch einander entgegen und folglich aufhebend wirken. Indeß bleibt stets ein Siegs-Uebergewicht (warum litte man sonst einen Drucker?) und zwar des schönern, denn eben die Menge der Bücher führt *wie* und *als* die Menge der Zeiten und Menschen, ihr blühendes Gegengift gegen jede vergiftende Einzelheit bei sich. Wäre die Zeit – der Exponent der Menschheit – nicht eine Arzenei der Erde, sondern ihr Gift; so müßte dieses Gift, da es täglich zunimmt, uns mit jedem Jahrhundert fortschreitend mehr zersetzt und aufgerieben haben, und die Geschichte würde blos der Krankenzettel eines großen Körpers seyn, der immer mehr abstürbe.

Wenn die päbstliche Kammer blos auf solche Memoriale, die sie abschlägt, lectum (*gelesen*) setzt: so thun dieß wohl die meisten Lesezimmer. Ja die Obern setzen es voraus; denn sonst gäben sie keinem Zensor und Drucker

* Jamblich. in vita Pythag.

»die Erlaubniß der Obern«; sonst könnte ja überhaupt der Bücherverleiher heute einer Stadt so viele Engel leihen, als er Leihgroschen bekäme für ein Engels-Werk; morgen eben so viele gefallene durch ein gefallenes, und so die gute Stadt wechselsweise in den Himmel und in die Hölle tauchen, hin und her sie lichtend und schwärzend.

»Gesetzt nun aber, um zurückzukommen – fragt hier Opponent – ein Philosoph untergrübe das Prinzip einer Verfassung, den weiten schweren Thron, gleichsam mit seiner schwarzen feinen Rabenfeder: sollte in solchem Fall ein Staat nicht das Federmesser gegen die Feder ziehen dürfen, das fragt Opponent?«

Nein, wenn anders der Staat nicht den Arm des Stroms, statt des Stroms selber abgraben oder wie Xerres geiseln will. Der Geist, der Staaten umwarf, war der Geist der Zeit, nicht der Bücher; die er ja selber erst schuf und säugte. Wird denn der Autor nicht früher als sein Buch gemacht? Werther erschoß sich, ohne noch von Werthers Leiden eine Zeile gelesen zu haben. Christus bekam von Johannes die Taufe, bevor er sie einsetzte. Hat je das beste Buch eine einzige Mode des Mode-Journals, nämlich des ewigen, pariser, besiegt? – Nie durch sich, sondern nur durch die Zeit, die aber kein Buch ist, sondern höchstens ein Buchladen.

Gewöhnlich wird die französische Umwälzung als ein Beweis, wie leicht Schreibfedern zu Spring- und Schlagfedern werden, vorgeführt. Aber der noch stärkere Beweis, daß alle Schreiber nicht die Gewittermaterie, sondern nur die Elektrizitäts-Zeiger einer schon vorhandenen – obgleich folglich die Träger einer kleinen – sind, sollte allen andern lesenden Staaten dieß seyn, daß sie sich selber gleich bleiben, und den gallischen sich gleich machen wollten. Die französische Litteratur war in ganz Europa, die Umwälzung nur in Frankreich. Und was wurde denn selber unter dem gallischen Sturmwinde, – der aus der Sandwüste endlich den höchsten Berg zusammen wehte – Neues gesagt, was nicht von den Griechen, Römern und besonders von den Parliamenten unter Karl I. schon mehrmals wäre erneuert geworden? – Warum lieset man jetzt diese Bücher zensurfrei, sogar in Frankreich, und wird nicht umgewälzt? – Darum weil die Meinung zwar die Königinn, aber auch die Tochter der Zeit ist – weil das Sonnenlicht der Untersuchung Völker wie den Diamant still durchfließt, indeß das elektrische der Fakzionen zerschmetternd einfährt.

Wer empört sich denn gewöhnlich? Gerade die beiden Klassen, welche am wenigsten lesen, weil die Bücher, in die Mitte des Staats angeschlagen, von denen, welche die Wurzel, und welche den Wipfel bewohnen, schwer herab- oder hinauf zu sehen sind, ich meine vom Volke und vom hohen Adel. Doch wird der Nebel und Dunst, der aus dem platten Meere des Volks aufdringt, nicht eher zu einem Wolkenbruche gesammelt, als am nächsten Berge eines Grossen. – Hingegen wer lieset, die Gelehrten, die

Mittelklasse – die Welt sage, ob alle Fakultisten je etwas anders gemacht haben als Manifeste blos für andere, als Dedukzionen, zwar gegen den einen Fürsten, aber doch für den andern Fürsten; oder ob andere logische Schlüsse als Friedensschlüsse. Stets unschuldig weiß, wie ein Hahnenkamm im Winter, steigen die Gelehrten auf ihren Schreibtisch, der ein Kriegs-Schachbrett mit rhetorischen Figuren ist, nie selber mit ihrer eignen. Sie sehen, wie Prediger, gern *Ketten* über alle Gassen gespannt, damit kein Lärm unter ihr feuriges Predigen einfahre; und die Lähmung, welche Setzer von den bleiernen Buchstaben erhalten, kommt ihnen früher durch die geschriebenen an die Hand.

Der einzige Fall, wo das Licht der Bücher gewaltthätig wirkt, ist, da, wo es gehindert, und wo die matte Lichtspitze durch die Umkrümmung mit dem Löthrohr zu Schmelzfeuer verdichtet wird. Das stumme Frankreich bekam plötzlich eine Zunge, wie der stumme Sohn des Krösus; nur anders, theils *vor* einem Morde des Vaterlands, theils *zu* einem eines Vaterlandsvaters. Aber desto schlimmer, wenn die ungestümme Nothwendigkeit spricht, nicht die lange sanfte Freiheit; wenn nicht der fromme Kirchner, sondern ein Erdbeben die Glocken läutet.

Wie verwandt ist damit eine Erscheinung, an welcher schon mehrere große freilassende Staaten irre wurden! Oesterreich unter Joseph II. ist der erste. Wenn nemlich plötzlich ein Volk ins Sprachzimmer und vors Sprachgitter gelassen wird aus der Zensur-Zelle, so weiß es kaum vor Ueberlust, was es sagen soll oder sagt: es gleicht Knaben, die nie muthwilliger toben als auf dem Wege *aus* dem Gehorsam der Schule heraus. Allerdings muß man Völker, wie Wochenkinder, nie *schnell* wecken, weil sie nach den Aerzten jähzornig werden. Ferner ist dann die Presse eine wahre Kelter, die auf einmal die reifen und die halbreifen Beeren einer Traube ausdrückt. Mögen aber nie Alexander und Maximilian Joseph anders fortfahren als sie anfingen, oder als Friedrich der Einzige noch fortfährt, und mögen beide sich gegen den Zufall damit trösten und rüsten, daß nirgends mehr Wind weht als eben unter der *Schwelle*, und daß folglich das Licht am leichtesten erlischt, wenn man es über sie trägt! – Was kann ein edler Fürst an seinem Throne-Himmel schöneres sehen, als eine Sonne, die er selber daran als Sonnengott vorüberführt? Seine einzige Vorsicht bei plötzlichem Freigeben der Federn sei blos eine nicht zu kurze Nachsicht! –

Fünfter Abschnitt.
Eintritt der Zensur.

Sie kommt mit dem Kriege. Der Krieg ist, wie man in Frankreich sieht, der *Kaiser-Schnitt* der Menschheit; er entbindet gewaltsam die Geister; folglich mag in ihm eine fliehende Diktatur – da er selber die schlimmste ist – gebieten, auch den Büchern. Hier stehen fliegende Blätter selber unter dem Petalismus*; denn ein einziges steigt aus dem Loh-Boden der kriegerischen Zeit leicht als wilder Baum empor. Ein Blatt kann als Exponent der öffentlichen Stimmung, gleich einem Stammbuchsblatt – pagina jungit amicos – die Gleichgesinnten verknüpfen und decken und nähren. So sehr die Wahrheit, wie oben gedacht, nur eine tönende, nicht wehende und bewegende Luft ist, so kann doch ein bloßer Ton, wenn er ein Gefäß von *demselben* Tone findet, es durch langes Verstärken aus einander schreien.

Derselbe Krieg, der bei dem freien Engländer den Preßgang oder das Pressen der Matrosen entschuldigt, mag also, da es leider kein Wort-Spiel ist, einen ganz andern Preßgang und ein anderes Pressen dem Drucker untersagen. Im Sturm der Staaten wie der Schiffe wird alles *angebunden.*

Allein es kann also nur in einer Zeit verboten werden, die selber zu verbieten wäre; und keinen Schriften ist das Leben zu nehmen nöthig, als eben denen, die das kürzeste haben.

* Petalismus war bei den Syrakusanern eine Landesverweisung nicht durch Scherben, sondern durch *Olivenblätter*.

Sechster Abschnitt.

Philosophiren über die Religion.

Religion ist etwas anders als Religionsmeinungen; es gibt nur Eine Religion, aber unzählige Religions-Meinungen. Allein der geistliche Stand ließ sonst gern beide vermengen, um die heilige Unveränderlichkeit, welche der Religion angehört, auf die Meinungen hinüber zu spielen. Die Kirchenglocke war eine Präsidentenglocke, welche nur läutet, damit man nicht rede. Wie sonst die *Kühe* die heilige Bundeslade den rechten Weg zogen; so glaubte man in Klöstern, das Wunder ändere sich nicht sehr mit dem *Geschlecht*. Jetzt seitdem man nicht mehr das theologische System für einen Strumpfwirkerstuhl ansieht, der sogleich so vollkommen wurde, als er noch dasteht, lässet man den Büchern ihren Lauf. Aber ich behaupte: nicht einmal Religions-Meinungen werden durch Bücher allein, ohne die Sonne der Zeit, welk oder reif. Luthers Werke veränderten das halbe Europa, bloß weil sie das Ganze schon verändert vorfanden, und weil er den theologischen Docktorhut mit dem sächsischen Churhut decken konnte.

Der Staat werfe doch, um nichts von Büchern für seine Landes-Religion zu befürchten, einen Blick in die Reichsstädte voll Parität hinab. Die Menge lutherischer Streitbücher hat bis diesen Tag darin die Katholiken, und die Menge der katholischen die Protestanten unverändert bestehen lassen, ja beide nur schärfer gesondert. – So waren die Juden, als der Nürnberger *Rindfleisch* noch gegen sie so predigte, wie gegen die Schweizer *Ochs*, zu nichts zu bekehren; erwiedern sie nicht aber jetzt die höfliche berliner Parität, mit den grösten Anerbietungen, sich nicht mehr auszuzeichnen durch Religion? – Buchhändler haben, wie Holländer, alle mögliche Grundsätze und Religionen im Laden und in Händen, theils als Sortiment theils als Eigen-Verlag; changiren sie aber je ihre Glaubensartikel mit ihren Handelsartikeln? Verlegen sie nicht leicht entgegengesetzte Systeme und die Satiren darauf, ohne erschüttert zu werden, da sie in ihrem Handelsbuche schon den höhern synthetischen Standpunkt für alle Systeme zu besitzen hoffen? – Nirgends wohnt so viel Glaube als in England, wo eben so viel gegen ihn geschrieben wurde, gerade wie dort die Preßfreiheit gegen die Regierung mit der Achtung für dieselbe und für den König in gleichem Verhältniß steht.

Der Kern der Religion, ihr geistiges Herzblut und Gehirnmark, welches fortpulsirt unter den zufälligen Herzbeuteln und Gehirnhäuten aller Landes-Religionen, ist von allen Bestreitungen der letztern unabhängig, und lebt blos von der Sitte und vom Herzen. Nur aber an diesem moralischen Marke und Blute kann dem eigensüchtigsten Staate gelegen seyn, weil er sehen kann, daß die Fürsten aller drei Reichs-Religionspartheien in Deutschland gleich fest bestehen, und die Regenten auf der ganzen heterodoxen Erde gleichfalls. Religion als solche kann von

Philosophie nicht erzeugt und erklärt, folglich nicht vernichtet werden; umgekehrt gibt erst Religion dem Denken Richtung und Stoff. Alles Denken kann nur das Gemeine, nie das Göttliche, nur das Todte, nicht das Lebendige auflösen und ändern; so wie uns nur die runde Erde, nie der gewölbte Himmel eben und platt erscheinen kann.

Ich wünschte, ein Staat ernennte eine Kommission, welche Haussuchung nach Religion thäte: so würde befunden werden, daß die stärkste gerade in der Mittelklasse vorräthig sey, welche eben am meisten liest und lehrt. Die höhere Welt ist eine quai de Voltaire, nicht aber eben das Buchhändlergäßchen; denn sie hat wichtigere Dinge zu lesen – als Bücher –, z.B. Gesichter und die Zukunft. Wo waren im Mittelalter die rechten Atheisten zu suchen, als neben und auf dem heiligen Stuhle, wo der Statthalter vom Sohne *des* Gottes saß, den er läugnete? Ich glaube nicht, daß im Ganzen ein Kardinal so viel *liest* und *glaubt*, als ein Gelehrter. Die Zensur sollte also weniger einen census capitum als morum ausschreiben, keine Kopf- sondern Herzenssteuer.

Blos zweimal kann eine Religionsmeinung dem Staate bedeutend werden, erstlich, wenn sie schnell ein-, zweitens wenn sie schnell abfährt, so wie das elektrische Licht oder der Blitz nur beim Ein- und nur beim Absprunge zerschmettert. Aber dieß vermögen nur lebendige Bücher, Auflagen von Einem Exemplar, kurz Sprecher, nicht

Schreiber. Will demnach ein Staat verbieten – wiewohl jeder Magen schon schwach ist, dem man verbieten muß – so führe er nicht Bücher-, sondern Menschen-Zensur ein, und lasse statt der Schreibfinger die Zungen abnehmen. Alle großen Revoluzionen machte die Stimme, keine der Buchstabe, der nur nachschreibt, was jene vorsprach. In diesem Fall ist aber ein Religions-Krieg; – und das obige Kriegsrecht der Zensur entscheidet um so mehr, da durch die Geistlichen alles zugleich länger, (denn ein Religionshaß und Druck überlebt jede politische Zensur) dann schneller und heftiger brauset und gährt. Zuweilen scheint die sanfte heilige Taube über ihren Köpfen nur ein Zeichen zu seyn, daß sie eben aus ihnen ausgeflogen. So vertheilt fast typisch auf den holländischen Kriegsschiffen der Schiffsprediger unter der Seeschlacht das Schießpulver.

Siebenter Abschnitt.
Zensur der Manier.

In vielen Zensur-Edikten wird freies, stilles Untersuchen der Wahrheit und der Wahrheiten verstattet, nur aber fügen sie bei, in gemäßigtem Tone ohne Leidenschaft und Spott. Da nun kein Edikt eine Wahrheit voraussetzen kann – denn sonst braucht' es keines Prüfens mehr – so kann die Foderung des gemäßigten, spaß- und feuerlosen Tons unmöglich nur Einer Parthei befehlen, sondern jeder, auch der herrschenden, folglich einem Pastor Götze so gut als seinen Gegnern. Mithin fällt der unschickliche Ton – gleichgültig worüber – in Polizeistrafe, in so fern hier nicht eben die Rücksicht und Nachsicht eintritt, welche Sachwaltern Derbheiten gegen die feindliche Parthei, und Predigern auf der Kanzel einen Schimpf-Eifer gegen ganze Stände erlaubt. Aber zweitens kann das Verbot des Tons – der partiell gestraft werde – nicht ein Verbot der Sache einschließen. Ich wähle das stärkste Beispiel; ein philosophisches Werk sey in Blasphemien eingekleidet. Erlaubt es, sag' ich, denn eine gelesene ist keine gewollte. Ist denn eine gehörte, geschauete Sünde die meinige? Eher meine Erhebung kann sie werden. Gebt also dem lästernden Autor seine Freiheit und seine – Strafe; und lasset dem Leser den Rest.

In Paris kam einmal jeder, der einen Wagen hatte, in die Kirche*, um die schrecklichen Blasphemien anzuhören, die ein Besessener unter seinen geistlichen Kur-Krisen ausstieß. Vielleicht waren damals durch den Gegensatz mehr religiöse und anbetende Gefühle in der Kirche als unter dem kalten Lobpreisen der Prediger, welche den Unendlichen in ihrer Paradewiege wiegen wollen. Auch lässet sich streiten, ob man nicht in großen Städten gegen die Kälte der Kirchenandacht etwas thäte, wenn man von

* In die sogenannte heil. Kapelle, wo jährlich am Charfreitage ein Stück des h. Kreutzes und Besessene, die davor lästerten, ausgestellt wurden.

Zeit zu Zeit an höhern Festen irgend einen Besessenen als Gesandschaftsprediger die Kanzel besteigen ließe zum Lästern, und dadurch das kalte Anhören und laue Nachbeten abwendete. – Um zurückzukommen, ich spreche also gar nicht dagegen, daß man wie sonst, dem, der Gott lästert, die Zunge ausschneide; aber sie, wie die Zensur thut, dem Menschen vorher ausreissen, damit er nicht damit lästere, heißt ihn durch unhöfliche Voraussetzungen nicht delikat genug behandeln.

Achter Abschnitt.
Zensur der Kunst.

Ist von wahren Kunstwerken die Rede, nicht von Kunststücken, so verlohnt ein Religions-Edikt darüber nicht einmal der Druckkosten, weil ja in manchem deutschen Kreise und Jahrzehend kein einziges erscheint. Wer wird ein Pilatus-Gericht Jahre lang niedersetzen und theuer besolden, damit es einmal einen göttlichen Sohn verhöre? Ja, ists sogar, wenn er kommt, nicht besser, ihn nicht zu richten und hinzurichten? – Ein getödtetes oder verstümmeltes Kunstwerk ist Raub an der Ewigkeit; eine unterdrückte Wahrheit wahrscheinlicher nur einer an der Zeit; weil kein gemeines Individuum, geschweige ein ungemeines wieder kommt; weil der Zufall wohl eine Wahrheit, aber nie ein ganzes Kunstwerk verleiht; weil mehrere Baumeister leicht dasselbe ähnliche Lehrgebäude zimmern, aber nicht Väter denselben ähnlichen Sohn erschaffen.

Daß ein Kunstwerk als solches nie unsittlich seyn kann – so wenig als eine Blume oder die Schöpfung – und daß jede partielle Unsittlichkeit sich wie partielle Geschmacklosigkeit, durch den Geist des Ganzen in sein Widerspiel auflöset, brauchte z.B. gestern weniger bewiesen zu werden, als vorgestern. Auch könnte ferner ein wahres Kunstwerk mit seinem Scheine nur dem Volke schaden; aber eben diesem kann es ja nicht einmal damit gefallen; ihm folglich einen Tacitus, Persius, Plato verbieten, heißet dem Blindgebornen Tizians Venus untersagen. Die längste Schürze für Thümmels adamitische Grazie ist das Augenfell der Menge.

Dasselbe gilt für das Lachen der Kunst; und ich berufe mich hier (doch mit Einschränkungen auf Zeit und Ort) auf Schlegels Werke über das griechische Belachen der Götter*. Goldoni bittet in der Vorrede zu seiner Komödie, alles, was darin etwa gegen die Religion vorkomme, bloß für Spässe dagegen zu halten. – »Das verbieten wir eben«, würde der deutsche Zensor sagen. Doch sobald er von gespielten, nicht von gelesenen Lustspielen spräche, hätt' er mehr Recht; aber leider auf Kosten unserer unsittlichen Zeit. Denn wenn in Griechenland bei den olym-

* Athenäum III. S. 252.

pischen Spielen jedes Kunstwerk zensurfrei gedruckt, nämlich vorgelesen werden konnte dem ganzen Volk; und wenn folglich in diesem Falle entweder das Volk keiner Zensur bedurfte, oder das Werk keiner, oder eigentlich beide: so beweiset der deutsche Fall, wie schlecht die Zeit sowohl lese als schreibe.

Hingegen jene Werke, die keine Kunstwerke, sondern nur lioner, nürnberger, augsburger Arbeit sind, weniger zum Kunsthandel als zur Handelskunst gehörig, dem Volke aus den Augen gestohlen, und sich eben daher ihm wieder ins Herz stehlend, dürfen schon der Menge ihrer Leser und ihrer eignen wegen nur an den kürzesten Zügeln und Ketten der Zensur ins Freie gelassen werden, sobald sie die Unsittlichkeit aushauchen, wozu ihnen das Gegengift fehlt. – Und doch gerade diese reissenden Thiere gehen ohne Käficht reissend ab und auf, die strengen Zensoren erlauben eher die Befleckung eines Lese-Volks als eines Fürsten-Namen. Aber lieber werde selber Gott als die Unschuld beleidigt; denn eine gedachte (gelesene) Blasphemie stimmt die Phantasie zu nichts (höchstens zum Gegentheil), aber eine gelesene Unzüchtigkeit überreizt die junge Seele im Treibhaus des Körpers zur Fortsetzung. – Wenigstens sollte es Verbote, wenn nicht mancher Bücher, doch mancher Leser geben, nämlich für Leihbibliotheken.

Neunter Abschnitt.
Zensur der Geschichte.

Jetzt kommen wir erst ins innere Reich und Afrika der Zensur; die armen Zeitungsschreiber halten sich darin auf, und zuweilen ein Magnat von Geschichtschreiber, ein Großkreuz unter Kleinkreuzen.

Denn was Religion und Sittlichkeit anlangt, so ist es wohl nichts als Pflicht der Dankbarkeit, wenn man freudig behauptet, daß beide jetzt ohne alle Gefahr von jedem anzufallen sind, viel leichter als irgend ein Kleinkonsul eines Reichsdörfchens. Gegen den Regenten der Regenten – nur ein atheistischer Franzose kann mich hier mißdeuten – ist zum Glück alles zu sagen erlaubt, nur gegen dessen irdische Ebenbilder und Pro-Konsuls und Unter-Imperatoren weniger, so wie man etwa in einer türkischen Provinz unschädlicher gegen den Groß-Herrn als gegen dessen Klein-Herren und Beys eintunkt.

Bei dieser richtigen Entgegensetzung des Himmelsthrons und des Thronhimmels ist nichts so sehr zu meiden, als sie über die Gränzen zu treiben und dadurch auf zwei Abwege auf einmal zu gerathen.

Der eine ist der kleinere und weniger bedeutende, da er sich blos auf Religion, nicht auf Fürsten bezieht. Da nämlich jetzt den Betglocken nicht das Glockenseil, aber doch der Klöppel fehlt und man kein Läuten hört – da wir immer mehr aus lezten Christen wieder zu ersten werden, welche Taufe, Abendmal und alle ihre Gebräuche äusserst geheim hielten vor Heiden – und da so vieler Anschein ist, daß die Seetaufe der Linie die Landtaufe überlebe, und daß, wie sonst die Bibliotheken in Göttertempeln, am Ende die Tempel nur in Bibliotheken aufbewahrt werden: so kann es unmöglich zu jener Ueberfurcht, die man den berlinern Monatsschriftstellern als diseurs de mauvaise avanture gegen Jesuiten und Katholiken schuld gab, gerechnet werden, wenn man sich denkt, es könnte dahin kommen – freilich nur künftig, nicht jetzt –, daß auf dem umgekehrten Wege die Bibel zum zweitenmale verboten würde, aber von Protestanten als zu religiös und schwärmerisch (was wohl schwer zu läugnen) und daß man sie, wie in England unter Heinrich III., wenigstens Bedienten, Lehrjungen, Taglöhnern, Weibern untersagte, indeß man sie wohl aufgeklärtern höhern Ständen in der Hoffnung zuließe, daß sie es, wie das Buch de tribus impostoribus, mehr als Seltenheit und litterarisches curiosum und mehr der Form wegen studiren würden.

Noch ist diese Furcht viel zu früh; in den österreichischen, sächsischen, und andern Staaten ist große Preßfreiheit *für* die Religion erlaubt, und nichts weniger zu befahren, als ein Ir-Religions-Edikt vom 9. Jul.

Aber der andere Abweg ist abschüssiger. Wenn wir die Bücher, die die Türken zu drucken verbieten, nämlich die religiosen, erlauben: so verbieten wir schon mehr die, welche bei den Aegyptern allein (denn die Wissenschaften kamen auf Stein) auf Papier geschrieben wurden, nämlich die geschichtlichen. Noch wird nicht jedes historische geschriebene als verpestet durch den Essig der Zensur gezogen, z. B. eben Briefe. Wenn die venezianische Staats-Inquisition jedem untersagte, die Regierung sowohl zu tadeln als zu loben, so haben wir noch immer bisher unsere alte Freiheit, eine Regierung zu loben, als das größere Ueberbleibsel des ächtdeutschen Geistes zu verfechten gewußt und sie mit dem Verluste der kleinern Hälfte wohlfeil genug erkauft.

Uebrigens ist Deutschland jetzt wie bei den Alten die Leäna abzubilden, als eine Löwinn ohne Zunge – ihr Verwandter, der englische Wappen-Löwe, hat außer noch größern und schärfern Dingen auch eine rauhe Zunge im Rachen –; doch bleibt uns noch die Geistersprache; denn Paracelsus sagt sehr schön: die Sprache der Geister ist Schweigen.

Was uns dahin gebracht, und uns die musa tacita der Römer als die zehnte gegeben zum Gleichgewichte gegen unsere neun: dieses darf nicht einmal vom gegenwärtigen Verfasser, so deutschfrei er sonst hier spricht, genannt oder von weitem bezeichnet werden. Wie unterscheidet sich dagegen von uns Frankreich, welches mit so grosser Freimüthigkeit sowohl über deutsche Staaten spricht, als über andere fremde! Möge dieser urbane Staat uns auch hierin Gesetz und Muster seyn, und uns so freymüthig machen, als er es selber ist!

Zehnter Abschnitt.
Zensur der Reisebeschreiber.

Man weiß, was sonst Zürich, Bern, Reichs- und andere Städtchen von ihren Bürgern foderten; es sollte, wie in Lesezimmern, nicht gesprochen werden, und, wie in Gesellschaftszimmern, nicht gelesen. Kleine Staaten und Fürsten hielten alles Erkennen für böses Rekognosziren der Dokumente und Truppen (von Juristen und von Feinden), und das Verrathen der Gesetze, der Einkünfte, der Prozesse für ein Verrathen der Parole; gleichsam als gäb' es nichts Oeffentliches als den Krieg und die Gewalt. Jetzt hat Preußens Muster – von welchem sich unsere Jahre der geistigen Freiheit und der habeas-corpus-Akte datiren –, und später Schlötzers Briefwechsel – der uns einige Freiheiten der englischen Kirche zuwarf und dessen Verdienst um deutsche Freiheit, bloß dadurch, daß er sich eine nahm, unschätzbar ist – die deutschen Städte doch so weit hingewöhnt, daß sie einem Reisebeschreiber, der durch sie mit dem Dintenfaß in der Linken, und mit der Feder in der Rechten zieht, alles zu schreiben verstatten über alle Städte, was nicht gerade die betrift, welche über die andern frei zu schreiben erlaubt; – so daß ein solcher Mann sein Tagebuch ganz unbeschädigt durch alle Städte durchbringt, wenn er nur jeder das Blatt aufopfert, das über sie selber handelt.

Eine Reichsstadt, worin sich die deutsche Reichs- und Kleinstädterei am längsten erhält – ausgenommen die beiden Reichs-Pole des deutschen Anglizismus und Gallizismus, nämlich Hamburg und Frankfurt – lässet ungern etwas notifiziren, außer in Regensburg Kaiser und Reich durch den Gesandten; sie hat noch solche Gesezgeber wie Sparta, nämlich Lykurge, die nicht bewilligen, daß ihre Gesetze geschrieben werden; regiert von gelassenen Personen mit der Feder im Mund, sehen sie den Mund in der Feder nicht gerne. –

Landstädte sehen nichts mit mehr Verdruß durch ihr Thor reiten – wenn sie eines haben – als einen Reisebeschreiber, welcher der Welt, die der Sache schon unter dem Lesen vergißt, indeß das Städtchen sie Jahrzehende lang repetirt, alles vorerzählt, was man darin kaum leise zu denken wagte neben seinem Gevatter. Das Städtchen glaubt, es sey den Fremden, (d.h. der restirenden Erdkugel) so bedeutend als ein Fremder ihm. Da es nicht vermag, über ein gedrucktes Buch sich wegzusetzen, weil selten ein Buch in der Stadt, diese noch seltener in einem Buch vorkommt: so glaubt der gute freundliche Ort, das Schlimme sey, wenigstens für die Welt, schon erwiesen, weil es gedruckt sey. Ueberhaupt ist der Deutsche so gern zu Hause, und so bänglich vor jedem Ehrenfleck, daß er sich nicht ohne Grausen in die größte Gesellschaft ziehen läßt, die es gibt, in die von 300,000 Lesern; er kennt offne Thüren nur bei Abbitten und Todesurtheln. Kurz die Stadt will nirgends gedruckt erscheinen, als auf der Landkarte; und etwa in der Reiseroute ihres Regenten.

Dörfer sind stiller, ja still zu allem, was laut wird von ihnen.

Residenzstädte – falls ein Reise-, ein Zeitungs-, ein sonstiger Schreiber sie abschattet und projektirt – sind liberaler und vertragen mehr Publizität von Wahrheiten, zumal von angenehmen. Ja, sogar an Verfasser von bittern sucht man, so wie man Klötzchen an Schlüssel knüpft, um sie nicht zu verlieren, ebenfalls (es sind lebendige Schlüssel des Staats, sagt man) etwas ähnliches entweder schweres zu knüpfen, z.B. Fußblöcke, um solche immer zu behalten, oder etwas lautes, wie an kostbare Falken Fuß-Schellen, damit sie sich nicht versteigen.

Eilfter Abschnitt.
Zensur der Hof-Zensuren.

Es giebt eine doppelte Publizität, die über die geheligte Staatsperson des Fürsten und die über dessen Finanz-, Kriegs- und Regierungs-Operazionen. Die Zensir-Freunde sehen gern die zweite mit der ersten verwechselt, um überall das Ventilregister des Schweigens zu ziehen, und jede Untersuchung zu einer Majestäts-Injurie zu verkehren, als ob der Beweiß des Irrens, er werde über einen Autor oder über einen Fürsten geführt, eine Beleidigung für die Ehre wäre. Kann ein Regent mehrere Ehrenpforten für seine Talente begehren, als ein Plato, Leibnitz, Montesquieu,

Rousseau, welchen allen man verschiedene Irrthümer ins Gesicht bewiesen? Mich dünkt, ein bescheidener Fürst müßte sich eher jenen Großen gleich setzen als ihnen überlegen.

Da ein Regent allen alles befiehlt: so kann er leicht glauben oder für nöthig halten, auch alles zu wissen; allein Niemand fodert diese Ueberzeugung. Wenn Friedrich der einzige die deutsche Litteratur rezensirt; wenn Bonaparte nach einem 2 Seiten starken Auszug aus Kants Kritik nichts sagt als sie sey pleine de bizarreries, sans suite, sans conséquence et sans but: so ist klar, daß beiden Großen – ungeachtet ihrer Falkenblicke durch die lange Zukunft und über die breite Gegenwart – dennoch, im Falle der eine ästhetische Professuren, der andere philosophische organisiren wollte, einige Maßregeln von ungekrönten Köpfen von wahrem Nutzen wären. Folglich erlaube der Regent über jede seiner Operazionen die freieste öffentliche Untersuchung; denn entweder seine Unterthanen werden *gegen* ihn überzeugt: so handelt er wie im Falle des Kriegs, gegen welchen alle Moralisten seit Jahrtausenden schreiben und schreien, und in welchen doch alles vom Größten bis zum Kleinsten mitzieht, und allen ist Körperzwang durch Geisterfreiheit versüßt; oder sie werden *für* ihn gewonnen, so gesellt sich das Licht zur Macht. Ob er nun überhaupt lieber der Mond seyn will, der die Fluth nach Kartesius durch *Drücken* erregt, oder der Mond, der nach

Newton sie durch *Ziehen* hebt, ist leicht entschieden. Will man nicht Städte und Dörfer als bloße Wirthschaftsgebäude des Thronschlosses stehen lassen: so setzt jedes Verbergen ein Bewußtseyn voraus, das selber noch mehr zu verbergen wäre; es ist eine Kriegslist mitten im – Frieden.

Eine andere Publizität ist die der Zeitungsschreiber.

Wenn man hört, wie frei der Engländer in Zeitungen und im Parliament alle andere Höfe behandelt, und wie frei seinen eignen Staat, worin eine stehende Opposition ohne ein stehendes Heer, wie bei uns dieses ohne jene ist; und wenn man doch vernimmt, daß die Minister und der Hof und der König alle Nebel niederglänzen, welche jedes Abend- und Morgenblatt aufsteigen lässet: so begreift man nicht, warum irgend ein Hof furchtsamer ist bei kleinern Folgen, die ihm jede freie Presse schicken kann, welche bei *seinen* Unterthanen doch nur die *Gespräche* wiederholt. Oft verbieten große Höfe Nachrichten, die nirgends bekannt sind als in Europa, als ob das Gespräch nicht schlimmer wäre, da es alle Stärke der Heimlichkeit und alle Verworrenheit und Einseitigkeit der augenblicklichen Geburt und der gemeinen Väter behält.

Es werden mehr Lügen gesagt als gedruckt; und die mündlichen sind kaum umzubringen, aber die schriftliche leicht. Da Fürsten eigentlich nur nach Höfen und Thronhimmeln fragen und sehen, weniger nach dem tiefen

Boden, wo das Volk wimmelt: so scheint es, müßten sie statt aller Zeitungen, die nur *dieses* belehren, lieber die Gesandten zensiren und fürchten, die *jenen* vier Wochen früher sowohl die größten historischen Wahrheiten als Nachrichten zufertigen. Welche schwarze Schreckbilder können sie überhaupt im Dintenfaß und Druckerkessel erblicken, wenn sie in ihrem eignen Lande den feindlichen Manifesten – die immer mit wahrer Freimüthigkeit geschrieben sind – umzulaufen zugestehen, während der Feind mit Körpern an der Gränze steht, dem sie eine Werbung der Seelen auf ihrem Territorium verstatten? – Und doch machts der Feind eben so und nichts schadet. Dieß setze nur jeder Regent des Landes voraus; er vergleiche sich nur kühn mit den Regenten des Publikums – wie Friedrich II, der auf jede Weise regierte, uns Autoren zusammen benennt –: Himmel, wie werden wir Karten- und Schützen-Könige der Welt von den vielen Zeitungen, welche jetzt von den Mitlesern gehalten werden, zerrissen und verstäubt, – mit Impfnadeln zerstochen, mit Wundspritzen befleckt – in effigie an unsern Ordensketten aufgehangen – auf Federn, als Schandpfählen, lebendig gepfählt – nach Siberien geschickt, auf dem Kopf mit Sanbenitos voll Flammen – kurz viel ärger zerstückt und beschmutzt als die niedlichste Kleiderpuppe, die ein Kind Jahre lang herumgetragen und ausgezogen, oder als alte Ordensbänder, die ein Jude zu Wickelbändern verkauft! – Und doch wachsen, wenn man einen solchen durchschossenen Regenten der Welt selber besieht, ihm täglich lustige schwere Zweige und seine Farbe ist sehr munter und grün – er wiegt seinen Gipfel ruhig – er weiß kaum etwas vom Waffen-Tanz um seine Rinde, und ist gar nicht zu verwüsten.

Warum scheuet aber ein Fürst politische Zeitungen mehr als ein Autor gelehrte, und erlaubt nicht jene so frei als dieser diese? Denn wenn er vierzig Blätter zu Eselsohren eingebogen hat, und doch das 41te z.B. brittische nicht krümmen kann, sondern es wie einen Eilboten aus London fliegen lassen muß: was hilft ihm die Quarantaine einer Vierziger-Mannschaft, wovon der 41te ansteckt? – Es hilft ihm nichts, aber nur darum, weil das Gegentheil ihm nicht schaden würde; denn an der Zeit stirbt die Zeitung, Kronos verschlingt sogleich sein Kind. Ja wie ein gekrönter Schutzengel der Menschheit aus wohlwollenden Gründen, so wird ein Würgengel derselben wie Tiberius, aus selbstsüchtigen der Sprech- und Schreibsucht alles erlauben, als den besten Ableitern der Handelssucht. – Aber wozu dieser düstere Beweiß? Der Ruhm und Ruf eines Fürsten – wie jeder historische – ruht ja nicht auf einzelnen zufälligen Thatsachen, die so leicht zu erschüttern, zu verdecken und zu erdichten sind, sondern auf dem unwandelbaren unverhehlbaren Geist, der durch ein ganzes Leben zieht. Der Geschichte können Fakta, aber nie Geister entwischen; und ein Geist, welcher fähig wäre, zumal in der Höhe des Throns, gleich einer Sonne, die ganze Wüste seiner Natur mit lauter Lichtwolken zu überdecken durch ein ganzes Leben hindurch, nun ein solcher wäre denn eben so groß, daß er nur eine Sonne, nämlich ein lebendes wohlthätiges Gestirn seyn könnte und kein feindseliges.

Soll endlich nie eine wahre freie Geschichte geschrieben werden, als lange nach dem Tode des Helden, wenn schon Zeugen und Erinnerungen vergangen, und Proben unmöglich sind? Und ist zum Tadel des Helden eine so alte Vergangenheit erforderlich als zur Epopee desselben? – Und wie alt muß sie seyn? – So viel ist leicht zu entscheiden, daß der Hofprediger noch sehr zu loben hat als Leichenprediger; aber schwerer läßt sich sagen, wenn, unter welchen Regenten eines Hauses die Independenzakte der Wahrheit über die vorigen eintrete in Gültigkeit. In Paris z.B. getraute sich wol jeder unter Ludwig XIV. über die Karolingischen Könige alles frei zu schreiben, was man eben davon weiß; bei welchem aber unter den Capetingischen Königen die Freiheit, einen davon zu messen aufhört, ob bei Heinrich IV. oder erst bei Ludwig XIII., ist eine gefährlichere Untersuchung. Was wird aber aus der Geschichte, wenn sie ein regierendes Stammhaus nicht eher beerben kann, als bis es ausgestorben ist? Soll, wie in Italien bei einem Leichenbegängniß, blos der Todte aufgedeckt, und alle Begleiter desselben verlarvt ziehen? – Eben so viele Inkonsequenzen des Tons giebts im Raume. Große Staaten erlauben über kleine alle Freiheiten der Sprache; kleine aber nicht über jene; als ob das Recht nach der Areal-Größe wechselte. – Ferner: über Reichsstädte und Republiken gaben die Monarchen gern den Autoren den Binde- und den Löse-Schlüssel zugleich – über sich den letztern –; und für wie frei die Deutschen die kaiserliche Republik ansehen, beweiset am besten der Ton, womit sie von Bonaparte als von einem ersten Cäsar sprechen, der andern Cäsarn seinen Namen leiht.

Ueber die 13 vereinigten Staaten wird von allen deutschen Thronen, weil jene *unter* ihnen sind, sogar topographisch, und noch dazu frei, ein freies Wort nachgesehen. – Führen zwei Monarchien Krieg, so können Gelehrte so lange manche feindliche Gebrechen aufdecken, bis man den Frieden schließt und damit den Mund. Aber ganz mit Unrecht; denn so wie der römische Bürger bestraft wurde, der, ohne Soldat zu seyn, den Feind umbrachte, so kann – den vom Staate bevollmächtigten Gelehrten ausgenommen, der das Manifest aufsetzt – keine Privatperson vom Kriege andere Rechte zur Freimüthigkeit gegen die feindliche Souverainetät erhalten, als er schon vom Frieden hatte.

Allerdings ist der erste kalte Schauder, der auch einen besten Fürsten vor einem aufgeschlagenen Buche überläuft, zu denken und zu retten. Er hat schon von seines Gleichen her keinen andern Ton gewohnt als den geselligsten, der nichts stärker fürchtet, als sich oder andere zu verstimmen; wie vielmehr folglich von Seines Ungleichen! Seine ganze Erziehung (durch Hofmeister und Hof) ist fast eine für die feinere Geselligkeit; jede Stunde, die er älter wird, schafft er mehr Gesellschafter an und mehr Hofmeister ab, bis er zuletzt die Rolle der letztern allein übernehmen muß, und (wie die Zöglinge beweisen) nicht ohne Glück, in sofern ein Hofmeister wenigstens nichts höheres von seinen Schülern begehren kann als seine – Nachahmung. Dieser gesellige Ton der großen Welt – welche die größte wird am Hofe – ist nichts anders als die große stärkste Liebe, wie nämlich Leibnitz letztere definirt; amare est, sagt er, felicitate alterius delectari; Lieben heißt, sich sehr ergötzen an fremder Glückseligkeit. Nie geht ein Hof Abends seliger (er spricht bis Sonntags davon) auseinander, als wenn der »Herr« besonders aufgeräumt gewesen; nicht etwa blos aus Eigennutz – der am Hofe weniger im Trüben, als im Hellen fischt, weniger aus der Mißlaune als aus der Laune – sondern wirklich, so sehr er auch fortfischt, aus einer Anhänglichkeit an den »Herrn«, welche durch langes Familien-Beisammensein etc. etc. etc. etc. weit mehr aus einer vorgespiegelten zu einer innigen werden kann, als man voraus setzt. Und umgekehrt; Herr und Diener gewöhnen sich in einander – das ewige Sehen versüßt gegenseitige Eigenheiten – alles wird zu einer *Krone* – geschoren, vom Mönch an, und vom Hofweibe, das als

Blume schon eine Blumenkrone trägt, bis zum Hofmann, dessen Baum Le nôtre* zu einer Krone schneidelt – O man ist so glücklich! –

In der That reifen an dieser warmen Sonnenseite und Sommerwende des Thronhimmels (wenn mir wie andern in der Ausschweifung fort zu fahren verstattet wird) gesündere Früchte als man vermuthet.

Gerade der allgemeine Hof-horror naturalis, dem »Herrn« nur zwei unangenehme Stunden zu machen – Tage werden selten daraus – lässet jeden, auch den kühnsten rechtschaffensten Günstling, länger am Thron-Rande feststehen, als sonst wol selber manche fürstliche Gewohnheit, mit Menschen und Sachen zu wechseln, gern litte. Will denn nicht oft ein ganzer Hof mit tausend Freuden einen Günstling fällen, und alles Theuere, ja Theuerste dazu opfern, wenn nur nicht jeden das Grausen vor der verdrüßlichen Stunde starr machte, die dem Herrn durch die Entdeckung zubereiten muß, daß der Schooßmensch dessen Giftmischer sei? Gewöhnlich wird ihm daher selten ein welker Günstling aus der Hand gezogen, wenn ihm nicht ein fertiger so fort auf der Stelle darein zu geben ist. Bezaubern ist gefahrloser als Entzaubern; daher wird zu dem letztern oft ein Weib genommen, damit doch einiges Gegengift bei der Hand sei.

* Le nôtre war bekanntlich ein Deutscher; daher hießen ihn die Franzosen den ihrigen.

Die meisten Schreiber stellen sich das Verdienst, eine scharfe Wahrheit wie einen Hofdegen mitten im Lustball aus der Scheide zu ziehen, zu leicht und noch bequemer vor, als die Kühnheit, gegen eine Gesellschaft von ihres Gleichen eine schneidende Wahrheit zu entblößen; denn sie denken sich überhaupt den Hofmann zu kalt und hart, da er doch mehr dem Hagel gleicht, der nur außen eine Eisrinde hat, innen aber zarten weichen Schnee. Was bleibt nun der Wahrheit und dem Throne übrig? – Bücher. Da manche bittere Wahrheiten mündlich ohne jene Versüssungen gar nicht zu sagen sind, die oft ihre Wirkung aufheben – so wie etwa der spanische König nach der alten Sage vom Pabste am grünen Donnerstage exkommunizirt und sogleich absolvirt wurde –; da nach einem altdeutschen Sprichworte* ein Stein durch keinen Fuchsschwanz zu behauen ist: so übernehme das todte Buch die freie Sprache und richte kühn die Welt und mit ihr Einen, der sie wieder richtet. Deswegen werde dem tiefern Chorton der Bücher sein Abfall vom Kammerton der Geselligkeit mehr zu Gute gehalten – und lieber werde der Sache der Ton verziehen, als dem Ton die Sache; wenigstens sollte die Zensur lieber zugleich erlauben und bestrafen, als beides unterlassen.

* In Lehmanns Florilegium politicum.

Bücher haben neben dem Vortheil der *Stärke* der Stimmen noch den ihrer *Mehrheit*; beides gehöret dem tiefen breiten Boden an, aus dem sie aufsteigen zur Thronspitze. Physisch hört man man zwar besser in der Höhe die Tiefe, aber moralisch besser in der Tiefe die Höhe; und die Hofgeheimnisse erfährt das Volk wenigstens leichter als der Hof die Volksgeheimnisse.

Zwölfter Abschnitt.
Tonmesser des deutschen Tons über Fürsten.

Noch ist der Ton schlecht; wenigstens schlechter als der gallische und brittische; entweder schreitet er in süßlichen, auch falschen Quinten fort, oder er gibt die harte Sekunde anmassender Nähe und Rüge an. Warum? fragt man – Warum, antwort' ich, kann der Deutsche nicht einmal seinem Vetter, Gevatter, Vater ein Werk in so gutem Tone dediziren als irgend ein Franzose, ohne in jenen alten akademischen zu gerathen, womit er sonst nicht den Vater, sondern den Landesvater, theils in Verse-Stichmen, theils in Hut-Stigmen ehren wollte?

Freilich hat er den ehrlichsten und langweiligsten (Ton) von der Welt. Noch fehlt unter allen Werken der Erde das allerlangweiligste, wiewol es blattweise umläuft; nämlich ein mittelmäßiger Octavband gesammelter deutscher Zueignungen. Wer sich ihn nur denkt, geräth in Schweiß;

werd' er nie gesammelt, der Octavband! Der Deutsche versteht es viel leichter, jedes Lob zu verdienen, als eines zu geben; dem Franzosen wird sogar das Umgekehrte leichter. Ganze Bände Lobreden, wie von d'Alembert, und noch mehr von Fontenelle sind noch jetzt unsere Lust und Lehre; aber man lege einmal die Bibliothekenleiter an eine ähnliche deutsche Bibliothek an? Warum nun ist der deutsche Lobredner fast so langweilig?

Einige Ursachen lassen sich sagen; denn alle geben, hieße fast die Wirkung geben.

Der Deutsche ist redlicher als jede Nazion; nur er darf die Phrase »*deutsch handeln*« für »*gerade handeln*«, nehmen. – »Italienisch, französisch, englisch, irländisch handeln« bedeutet bei den Völkern selber etwas anderes; – und zugleich ist er als Volk von Natur unpoetischer als jedes*. Kommt er nun in die Empfindung des Bewunderns: so wird sie, wie jede, so überschwenglich, daß er, wie die Römer vor ihren Kaisern , die Acclamazionen 60 mal wiederholen möchte – und daß er um die Ueberfülle des Stoffs den Reitz irgend einer Form, welche dem Gegenstande Langeweile und Erröthen ersparte, ganz zu ziehen versäumt. Er wünschte nur, der Deutsche, daß es noch etwas höheres gäbe als »höchste Bewunderung und

* Allein eben darum ist der Einzelne darunter poetischer, weil das Gleichgewicht aller Kräfte dem Individuum zur höhern dichterischen Unterlage dient.

Verehrung und die Nachwelt«, daß er noch tiefer in Ehrfurcht ersterben könnte, als zu den Füssen u.s.w. Ja, weil das Gefühl auf einmal kommt, wenn er sich vor das Zueignungs-Pult stellt: so wird ihm, so lange als er Papier und Dinte vor sich sieht, glaublich, er habe dieses Gefühl *zuerst*, weil *ers* zum erstenmale hat; und verhofft, der Welt so viel Neuigkeiten zu sagen als ein Liebhaber, der von seiner Geliebten spricht. Jedes poetische Regieren über eine Empfindung setzt deren längeres Alter voraus.

Ferner ist wol niemand gegen Höhere so höflich als ein Deutschmann seit einigen Säkuln; wieder aus tausend langweiligen Gründen, wovon hundert hier genug seyn mögen. Da der deutsche Gelehrte (besonders sonst) tiefer als der ausländische von den höhern Ständen abliegt; da er sie also halb im Nebel, halb im Glanze sieht: so kennt er weder deren Sitten noch deren Werth; er schmeichelt sich, mit seinem Lobe wacker zu überraschen; er setzt, um den Lorbeerkranz für den Fürsten nicht zu klein zu flechten, ihm lieber den ganzen Lorbeerbaum mit steifem Stamm und hängenden Wurzeln auf den Kopf; er sagt zu einem fürstlichen Windspiel und Bärenbeisser, so wie der Holländer alle Hunde ihrzet, Vous – er wünscht dem Pferd, das er vorreitet, etwas von der Kunst jenes alten, den Trajan anzubeten, um schließen zu lassen, was vollends geschieht, wenn der Reiter absteigt – kurz die Dedikazion bückt ihn so, daß er sich nicht eher wieder aufrichtet, als in Vorrede, wo er (verhältnißmäßig) sehr kek wird und gros.

Wenn der Franzose der Kammerdiener Europens war – sonst; denn jetzt hat er genug zu thun, will er zu Hause nach dem Bruderkuß den frère servant vorstellen – so war und ist der Deutsche der Schuhknecht, Bäckerknecht, Reitknecht, Stückknecht, Hausknecht noch in den meisten Städten der Erdkugel; blos der deutsche Boden wurde nie von Ausländern besiegt, desto mehr dessen Autochthonen, die weniger ausgenommen, die aus dem höflichen Chur- oder Angelsachsen nach dem groben Angel-Land abgingen und daselbst verblieben.

Wenn viele das Sonst und das Jetzt der Franzosen tadeln – z.B. die ekel-weiche Preis-Aufgabe der französischen Akademie, welche Tugend Ludwig XIV. die größte sey, oder die ruchlose Leichtigkeit, Bonaparte zur göttlichen Providenz oder gar vollends Robespierre zum Wiederschöpfer des Schöpfers auszurufen –: so bedenk' ich für meine Person dagegen sehr, daß sie ihre eigene Weise haben und lieben, nämlich schimmernde Gegensätze nicht nur zwischen Sprechen und Glauben, sondern auch überall, so daß sogar der bescheidenste Mann (wir haben das Beispiel) ganz leicht von ihrem Redner-Witz ein Lob annimmt, das er bloß für den Bestandtheil eines Einfalls und einer Einkleidung ansehen darf, wenn er nur will – Und Himmel, wie sind sie – das vermag keine Delikatesse deutscher Kleinstädterei – so artig-pikant, so verbindlich-keck! Welcher Deutsche hätte wohl in der französischen Akademie so philosophisch-kühn über Fürsten-Pflichten gesprochen, da der bewunderte Kaiser Joseph II. darin war, als D'Alembert gethan? Hätte man nicht lieber die Schweißkur* des Belobens dem hohen Grafen von Falkenstein verordnet? Ja, hätte man ihn nicht gar, wie auf deutschen Akademien Prinzen geschieht, zum Rector Magnificus erhoben? Oder welche deutsche Fakultät hätte, wenn Heinrich IV. zu ihr am vollen Hofe gesagt hätte: »das ist der tapferste Mann des Königreichs« so kühn, wie der französische General, versetzt: Vous avez menti, Sire, c'est Vous? Welche Fakultät (die philosophische will ich ausnehmen als eine weltweise) hätte so scheinbare Tadelbriefe an alle Großen des Reichs geschrieben, wie Voiture gethan? – Noch such' ich in den deutschen Kreisen z.B. im Chursächsischen, nur die, welche einem Swift durch das Imprimatur zuließe, eine Scherz- und Zank-Folie einem wahren Glanz-Lobe des Lord Sommer's unterzulegen. Wirklich foliirte Swift so vor dem Mährchen von der Tonne; aber was würde ein Deutscher dazu sagen, nicht ein Fürst, sondern ein Zensor? – Dieses gewiß: »so viel nämlich (brächte er vor) hoff' er doch zu wissen, daß der Respekt, den ein Privater Fürsten und Lords Sommer's schuldig sey, nie erlaube,

* Die Nordamerikaner setzen ihren Gast zuerst in ein Schwitzbad, dann an den Tisch.

von solchen anders zu sprechen lobend, gedruckt besonders, als etwa so: Ew. Ew. werf ich mich allerunterthänigst zu Füßen und ersterbe etc. etc.«

Noch ein Grund des deutschen Lang-Tons in jedem Lobe ist schon in der *Vorschule der Aesthetik* angegeben. Ich zitir' ihn daher bloß; – denn endlich ist's doch zu merken, daß sogar die bloßen 100 Gründe, worauf ich mich einschränken wollen, nicht ohne alle Langeweile aufzögen hinter einander – – und es ist der, um kurz zu sprechen: »daß eben der Deutsche, der wie ein Apostel, in alle Welt geht, nie gern vor aller Welt erscheint, außer herrlich gekrönt, gepudert, gelockt, geschminkt. Kants Biographien scheueten sich, die Herren namentlich zu nennen, die bei dem Seligen Mittags gegessen, was doch meines Merkens ja nichts ist als eine wahre Ehre« –. Nur über seinen Bedienten Lampe wird auffallend freymüthig gesprochen, – als ob die sittliche Ehre eines Hausdieners anders zu behandeln wäre, als die eines Staatsdieners – es ist aber noch nicht entschieden, was wenn nicht Lampe, doch seine Verwandtschaft darauf thun werde.

In die alte Dessauer Kinderzeitung wurden die Namen mancher Kinder eingerückt, welche die Ruthe oder sonst etwas verdient hatten; ich weiß aber nicht, ob sie jetzt als Erwachsene mehr die Oeffentlichkeit ertragen als andere Deutsche. Auch der Reichs-Anzeiger – unser papiernes Regensburg – thut viel dadurch, daß er uns alle verknüpft, auskundschaftet, ausspricht, und, wenn wir nicht ehrlich bezahlen wollen, frei zu nennen droht; doch wird diese fürchterliche Strafe, vielleicht als eine verbotene Selbsthülfe, selten vollstreckt.

Dreyzehnter Abschnitt.
Definition eines Zensors.

Alles bisher Gesagte sey falsch: so bleibt doch wahr, daß das Zensor-Gericht einzig in seiner Art ist. Man braucht nur zu fragen: Quis? quid? ubi? cur? quomodo? quando? quibus auxiliis? so hört man folgende Antworten:

Quis, wer richtet? – In erster Instanz* Ein Mensch, häufig von unbekanntem Namen, wenigstens litterarisch; ein heimlicher Vehmrichter; die 70 Aeltesten sind nicht die Richter, sondern oft die Parteien Eines Jüngsten.

Quid? was zensirt er? – Alles, das Beste und Schlimmste, er ist der Richter nicht nur der Lebendigen, sondern auch der Ungebornen, der Bücher und der Manuskripte – das Werk sei eine herrliche Wucherpflanze der Gelehrsamkeit, oder ein Frucht- und Blumengarten des Genius: der trokenste Zensor kann es abmähen – ja es sey ein Giftbaum, er kann es erlauben auf seine Gefahr – der

* Die Appellation an das ganze Zensur-Kollegium fällt einem an Geld, Zeit und Gelegenheit armen Autor oder Verleger oft schwerer als das Gesetz annimmt.

Prosaiker richtet den Dichter, übend an der poetischen Gerechtigkeit prosaische; der rohe Sinnen-Geist richtet den tiefen Weltweisen.

Ubi, wo? – Am zufälligen Druckerort, auf seiner Studierstube; was er verbietet, erfährt man selten; nur wenn die Thüre der Zensur jemand einlässet, klingelt sie. Denn da er die Gerichtsbarkeit über Hals und Hand, und über Haut und Haar besitzt, und folglich eben so gut verstümmeln kann als hinrichten: so kommt kein Mensch darhinter, was er abgehackt; und jede Form, worin er mit Hebammen-Hand den neugebornen Kopf geründet, verantwortet der Vater.

Cur, warum? – Um theils das Leben, Besoldung, Zensurgroschen davon zu bringen, theils für Land und Länder zu sorgen als geistiger Landrichter; theils aus andern Gründen, – theils aus Furcht vor Re-Zensur.

Quomodo, auf welche Weise? – Auf keine der schwersten. Er liest und siegt; er schreibt nämlich das Imprimatur entweder theils darunter, theils nicht, oder er streicht bloß wie ein Regisseur ein Stück zum Aufführen. Für das Streichen denk' ich mir zwei gute widersprechende Gründe; ein Zensor kann erstlich, wie Fortius (nach Morhof) sich für seine langen Reisen die besten Blätter aus Büchern ausriß, gleichfalls so die bessern Stellen streichen, um sie etwa zu behalten, wie Rousseau nur das merkte, was er nicht aufschrieb. Er kann aber auch zweitens durchstreichen, weil am Buche mehr ist als an ihm; –

weil er, der Streicher, der Himmel weiß aus welcher Despotie, Furcht, Rohheit und Einfalt, sich einbildet, seine Ungedanken-Striche, seine Taktstriche der Sphärenmusik des Alls, Demarkations- und Zirkumvallazions-Linien der Staaten; und das Linienblatt der Zukunft werde rastrirt von seiner Hand. Ist dieß: so jauchz' ein Autor über jede Zeile, die man ihm erlaubt; besonders da der Staat den Zensor immer nur über das Verstatten, nie über das Verbieten zur Rede stellt. Warum aber wird eben der Zensor nicht wieder zensirt? Warum wird sein liquor probatorius – seine sympathetische Dinte, (eigentlich eine antipathetische) – nicht wieder probirt? Warum reicht er wenigstens nicht von Zeit zu Zeit beim Zensur-Kollegium ein kurzes Verzeichniß der *Druckfehler* ein, die er hat nicht machen lassen? Warum hat jedes Kollegium eine Registratur, und nur das zensirende keine?

Würde nicht, kann man fragen, wenigstens ein schwacher Anfang zu einer solchen Registratur von erratis oder corrigendis gemacht, wenn jeder Autor dazu das Wenige aus seiner Erfahrung, was zensirend ihm ausgestrichen worden, publiziren wollte? Gewiß wäre auf diesem Steige manches zu sammeln, was sonst verloren ginge, und was doch künftigen Zensoren diensam wäre. Dieß ist die Ursache, warum ich zuweilen meine eigenen Zensoren bekannter machen wollte, als sie mich; nur steh ich noch an, obwohl aus andern Gründen. Denn so hat z. B., – um nur einiges anzuführen, – der sonst liberale Zensor meines in

Berlin gedruckten *Titans* – H. v. L.-tz – im ersten komischen Anhang desselben eine Satyre: »Leichenpredigt auf einen Fürsten-Magen« so frevelhaft und taubblind durchstrichen, daß ich gezwungen war, den in der Gift-Dinte ertrunknen Aufsatz zurück zu fahren auf Weimars Boden, wo ich damals lebte, ihn wieder durch Noth- und Hülfs-Tafeln ins alte Leben zu bringen, und ihn dann mit alten Gliedern aus dieser Musenstadt mittelst des *»Weimarschen Taschenbuchs«* in die Welt und nach Berlin zu schicken, und vor den ersten Zensor und vor jeden künftigen. – –

Niemand nahm Anstoß am Spaß; folglich war nur H. v. L. der einzige Anstoß, der zu meiden gewesen.

Auch ist dieß ein unverzeihlicher Fehler der Zensoren – hier wäre H. v. L. wieder zu nennen, wäre man weniger sanft –, daß sie Striche (Streiche) machen durch das Privat-, Geistes-, und Publikums-Eigenthum eines Manuskripts, ohne nachher dem Autor oder Verleger davon ein Wort zu sagen. Himmel! ihr dürft dieß nicht! Wenn durch sein Ausstreichen ein Autor klüger aufzutreten hoft: so lasset ihr Maschinengötter, ihn durch eures als Wiederspiel erscheinen! Ihr raubet Autoren den wenigen Zusammenhang, den sie noch unterhalten in ihren Werken? – Nach den Juden wird jeder verdammt, der nicht höflich ist gegen Gelehrte; wie viele Zensoren werden nun selig? –

Quando, wann? – Im neunzehnten Säkul.

Quibus auxiliis, durch welche Hülfen? – Durch die besten Zensur-Gesetze, welche durchaus nichts erlauben »gegen Staat, Sitten, Religion und Einzelne –«; vier Worte, die das corpus juris der Zensur, nämlich dessen Pandekten, Institutionen, Novellen und Kodex, schön befassen. Eine ähnliche *moralische* Heils-Lehre und Konkordien-Formel sollte gedruckt erscheinen, bloß mit den Worten: Handle treflich – desgleichen eine so zusammenfassende *Aesthetik* – mit den Worten: schreibe treflich. – Da die obigen Gesetze der Zensur durchaus so alt sind, als alles Schreiben selber: so ist blos das einzige Neue nachzubringen, was sich auf die Anwendung derselben, die nach Oertern, Zeiten, Menschen wechselt, bezieht, weil jede Zeit über die Verbote der vorigen lacht und weggeht.

Aber wie schwer ists der Luftreinigkeitsmesser des Luftkreises eines Säkuls und Volks zu seyn! Wie genau muß ein Mensch nicht nur seine Pflichten, sondern auch seine Leute kennen, und besonders das Manuskript neben sich! – Damit beschliesset gegenwärtiger Verfasser die dissertatiuncula pro loco, und wiederholt die Bitte um ein Zensor-Amt. Er wollte aber im vorigen Absatz zu verstehen geben, daß er sich bloß um das kleinste bewerbe, nämlich er will den Zensor-Posten nur bei seinen eignen Schriften bekleiden, da er zu viele gedruckte zu lesen hat, um andere geschriebene durchzugehen als die seinigen. Diesen Posten versieht er, wenn er ihn ersteigt, spielend neben her unter dem Schreiben der Werke selber, gleichsam mit Einem Gesäß zugleich auf dem Richterstuhl und auf dem Geburts- und Arbeitsstuhl das Seinige thuend – Sein moralischer Karakter, der seine vielen Werke regiert, ist bekannter als der irgend eines Zensors, welcher noch nichts verboten hat. – Man kann, lässet er etwas gegen die Zensur passiren, ihn, wie jeden andern Zensor, zur Rechenschaft und Strafe ziehen – Er steht (nach bloßen Vermuthungen) seinem Aemtchen besser vor, als jede Fakultät, die auch zensirt; denn außerdem, daß er nichts weiß von Parteilichkeit wider sich, hat er, da er vierteljährlich nicht mehr zu zensiren braucht, als höchstens anderthalb Alphabete (Fakultäten aber so viele 100) stets die Vermuthung für sich, daß er das Manuscript gelesen habe, das er schreibt und erlaubt – Das Fach, worin der Autor arbeitet, ist gerade sein eignes, und er wird per pares gerichtet, ja per parem – Er kundschaftet, was ein fremder Zensor schwerer kann, die feinsten Absichten und Schliche des Verfassers aus von Ferne, und hat ihn vielleicht ziemlich weg – Er kann, was kein fremder Zensor vermag, darauf sehen, daß nach dem Imprimatur nicht etwa noch Gift hinein korrigirt werde in die allgemeine Arzenei – Er haftet der Welt und der Obrigkeit für seine Zensur mit einem Namen, der wenigstens so bekannt ist, als mancher fremder Zensors-Namen, der nie drei Zeilen geschrieben, obwol viele ausgestrichen.

Allerdings gelten diese Gründe auch für die meisten andern Autoren; ein Werk, das sie schreiben, ist zugleich Vokazion und examen rigorosum genug, um sie beim Zensurkollegium ihres Werks anzustellen mit der bloßen Besoldung des Zensirgroschens. Da hoffentlich die Zeiten nicht mehr sind, die einem Ramus verboten, seine eignen Sachen zu lesen, damit er ihnen nicht etwa beifalle: so überkommt jeder Verfasser von unsern Obern jede Freiheit, sich selber zu lesen (wie man ihm denn sogar ein verbotenes Manuscript zurückgiebt); und mithin kann er durch ewiges Wiederlesen recht gut finden, wo er nichts taugt und sich zensiren bis zum Verbieten. Vom deutschen Reiche ist keine Einwendung gegen das Selber-Zensiren – Selber-Rezensiren ist schlechte Nachäffung – zu besorgen, da es ähnliche Verkettungen schon in seiner Konstituzion heiligte. Ists denn schwerer, daß ich zugleich meine Manuscripte schreibe und zensire, als daß ich z.B. zugleich deutscher Kaiser und folglich – denn ich regiere auch als böheimischer König – als dessen Reichs-Erbschenk (bei den Gothen bekannter unter dem Namen comes Scanciarum, bei den Franzosen aber als Echanson) während meiner Krönung da stehe und handle? Denn muß ich nicht in derselben Minute, wo ich als Kaiser zur Tafel sitze, als Erbschenk zum Springbrunnen sprengen, und einen Silberbecher mit weiß- und rothem Weine daraus schöpfen, um ihn zu Pferde dem essenden Reichs-Oberhaupt zu bringen, das ich doch eben reitend selber bin? – Wenn gleichwol jeder sich getrauet, dieses Doppel-Amt des Essens und des Trinkens allein und zugleich zu verwalten – niemand bittet sich zwei Vikarien des Reichs dazu aus –: so ist nicht abzusehen, warum man nicht zugleich der Repräsentant eines Richters und eines Gerichteten sein könne.

Soll ich nun zusammen fassen, was die ganze Abhandlung meinte und suchte, so ists dieses: Ihr Fürsten, setzet in diesem Jahrhundert fort, was ihr so schön im Nachsommer des vorigen angefangen, nämlich die große Freilassung der freigebornen Gedanken! Ihr selber gewannt schon geistig durch Geister; denn noch nie schloß in Europa ein Jahrhundert einen Fürstensaal so voll von guten Regenten hinter sich zu, als das vorige lichte. Ihr, die ihr doppelte Ebenbilder Gottes, als Menschen und als Fürsten, seyn wollt und sollt, ahmet ihm in dem Geschenke der moralischen Freiheit nach, das er sogar in der Hölle austheilt! – Ihr dürft weit mehreres bestrafen als verbieten, so wie nichts verbieten, was ihr nicht bestraft.

Es gibt zweierlei ganz verschiedene Güter, deren Aufopferungen ihr nur auf die Gefahr einer Umwälzung verwechseln könnt. An Güter, von welchen dem Staate irgend ein Theil geopfert werden muß, z.B. Vermögen, Vergnügen, sogar körperliche Freiheit, könnt ihr, so wie euch Einsicht, Gewissen und Zeit rechtfertigen, die Forderung großer und kleiner Opfer machen. Aber es gibt drei Güter, gleichsam drei Himmel, welche nichts sind, wenn sie nicht *ganz* sind, und aus deren vollendeten Himmelskugeln kein Demant-Splitter auszubrechen ist, nämlich Wahrheit, Sittlichkeit und Kunst. Jeder fühlt sich verächtlich, wenn er etwas, was er zu dieser Dreieinigkeit zählt, lieber aufopfert als sich. Verordnet also schwere Opfer, welche den Geber nicht schänden, ja ihn ehren – sogar Rekruten- und Matrosenpressen, Diktaturen, gezwungne Anleihen, Königssteuern, brittische Abgaben, einkerkernde Pest-Kordons –: ihr werdet blos für das personifizirte oder wiederholte Schicksal angesehen, welchem nie vorzuschreiben ist, wie viel es nehmen kann, da es doch etwas nehmen muß, – die Unterwerfung ist grössere Ehre als die Widersetzung – und daher werden alle diese Bürden der Welt und Zeit lang und stumm von Völkern getragen.

Nur aber komme keine zweite Last auf jene! Nur opfere man nicht wieder den Geist, der Körper opfert, und werfe auf den Opferaltar nicht den Opferpriester selber! Denn dann ersteht und ergrimmt der alte Gott im Menschen und fragt, wer ihn herab ziehen wolle; ihn, der von keinem Engel und Neben-Gott Befehle annimmt, weil er sagt und weiß: wodurch ich bin, dadurch seid ihr und der Rest.

Wie könntet ihr eine Freiheit verbieten, deren Dahingebung (im Gegensatz anderer Güter) nur Schwäche verriethe, wie die Vertheidigung nur Kraft? Denn Wahrheit,

Sittlichkeit und Kunst werden sogar vor dem Schicksal behauptet und angebetet, und der Mensch sagt: »was auch Uebels daraus entspringe, ist nicht meine sondern des Universums Schuld.« Könnt ihr denn mächtiger fodern, als ein Gott und die Welt? –

Wenn ihr aber doch mehr fodert: so sind nur zweierlei Uebel möglich; entweder ihr siegt oder ihr werdet besiegt. Ist das letztere, so kennt ihr die Geschichte, die alte und die neueste, und den Satz, daß die Vulkane nie mehr Feuer auswerfen, als wenn langes Regenwetter sie hatte ersäufen wollen.

Aber ihr siegt gewöhnlich, wenigstens für Zeiten; – d.h. wenn aus Haß Julian den Christen und die griechischen Gesetzgeber den Sclaven die Freiheit der höhern Ausbildung vorenthielten, so wird dasselbe aus eingebildeter Fürsorge verordnet. – Ein Volk liegt als Scheinleiche da, und muß hören, wie ihm die Gewalt den geistigen engen Sarg anmisset, und kann kein Glied dawider regen, nicht einmal die Zunge, indeß andre Völker vor ihm frisch ihr Leben entwickeln, und in einem Vermögen nach dem andern seine Sieger werden – Ja sogar euer Lob gilt aus einem Staate nichts, dem die Freiheit des Tadels gebricht – Und noch dazu tritt irgend einmal die Zeit, die immer mit *schlafendem Auge* impft, plötzlich mit Blüten und Früchten ihres Reisers vor euch oder vor die Welt, und dann ists schlimm, wenn man ihr blos Dornenzweige zu entfalten gab.

Die Folge ist, ihr dürft jenen drei innern Grazien des Geistes, der Wahrheit, Sittlichkeit und Kunst nichts verbieten und verscheuchen, als deren Feindinnen, die drei Furien, Irrthum, Unkunst und Unsittlichkeit. Da sich aber die beiden ersten nur wechselnd und erst vor der *Nachwelt* entpuppen, entweder zu Grazien oder zu Furien: so müßt ihr ihnen die Freiheit geben, auf die Nachwelt zu gelangen. Hingegen die dritte allein, die sittliche Grazie, oder die unsittliche Furie dürft ihr kühn richten, blos weil die *Vorwelt* sie schon gerichtet hat; nur über Sittlichkeit und Unsittlichkeit tönt die erste Stimme aus dem Paradiese einstimmig mit der letzten vor dem Weltgericht.

Wollt ihr also nicht die Enge einer persönlichen Bangigkeit, oder einer persönlichen Unfehlbarkeit oder einer ästhetischen Vorliebe vor der Welt aufdecken: so gestattet alles, ausgenommen, was den ersten und letzten Zensor der Erde, das Gewissen, verletzt. Begehrt ihr zum Muthe der freiesten Freilassung Freigeborner statistisch-glückliche Muster: so leset nur aus; – wollt ihr einen größten Staat: so erscheint Rußland – einen kriegerischen und ökonomischen: so erscheint der preußische – einen merkantilischen: so kommt Holland und England – einen kleinen: so Weimar und mehrere – einen vermischten: so Dänemark und Baiern – wollt ihr einen unglücklichen, geistig-seufzenden, dem alle Sonnen der Wahrheiten nur als ein trauriges Regengestirn aufgehen: so ist es freilich etwas anders; denn es ist eben der Staat, wozu keiner werden soll.

Der Himmel behüte uns immer durch euch, nie aber vor euch!

* * *

So schließt die Lokal-Dissertaziunkel. Da dieses Werkchen auch geschlossen werden muß – so gut wie jedes – so weiß ich es nicht besser zu endigen als so, wie ichs anfing, nämlich mit *derselben* Dedikazion. Hebt denn nicht dieselbe Venus eine gute ordentliche Sommernacht theils an, theils auf, nämlich als Hesperos und als Phosphoros? Ich eigne demnach zuletzt so zu, falls nicht neue Zensuren untersagen:

Gnädigster Herzog,

So bald der Verfasser die letzte Zeile geschrieben, nämlich seinen Namen, so sendet er das Werkchen nach Gotha zu *Ihrer Durchlaucht* hinauf. Da dasselbe nun gerade der Sache am meisten bedarf, die es behandelt, nämlich der Freiheit: so wird es durch die, mit welcher es von Ihnen zurückkommt, den Wiederschein des Musters tragen, den es braucht; diese dünne, blasse, scharfe *Mondsichel* von Büchlein wird, (astronomisch zu reden) durch die gerade breite Stellung, die sie gegen Sie und die Erde zugleich nimmt, sich zum *vollen Lichte* ausbreiten, das einer Zeit gut thun kann, über deren Himmel man mehr als 1001. Nächte hängen will, und noch dazu kalte; und die stößigen Mondhörner werden sich zu einer milden Scheibe runden. Nur ihre Flecken werden dann der Phantasie schärfer den Mann in diesem Monde abschatten, nämlich

Ihrer Durchlaucht

Bayreuth den 2. Dec. 1804.

unterthänigsten
Jean Paul Fr. Richter.

Anhang

Schmuggelware für die Ewigkeit

Sibylle Lewitscharoff

Mit diesem Dedikationswirrwarr kenne sich einer aus! Wir drei kennen uns darin jedenfalls nicht aus. Wir – das sind ein ehemaliges Grundschulkind, welches noch immer brav Wort für Wort liest, eine halbwüchsige Buchverschlingerin, ferner die ein wenig abgebrühte Leserin späterer Jahre und in derselben, gleichsam als Glühwurm eingeschlossen, vom Herzen Jean Pauls eine Faser (wie wir vorsorglich versichern wollen, damit man uns im weiteren Verlauf nicht Ignoranz oder Launenhaftigkeit vorwirft). Beim Lesen der Dedikation und des in sie verwickelten Briefwechsels wollte sich bei uns der gleiche Effekt einstellen, wie damals, als dem Kind das Bruchrechnen beigebogen werden sollte – Stirnrunzeln, Schielen, Starren, Tränen. Nun, Tränen ergab das Lesen des hin und her sich bauschenden Dedikationsstoffes zwar nicht, aber immerhin ein ungutes Augenflimmern und, endlich, endlich, den erlösenden Fluch: Herrgottzack! Was für ein Schmarrn!

Natürlich sollte man sich, bevor man ohne Sinn und Verstand in der Welt herumflucht, erst einmal den Beistand von Klügeren suchen. Norbert Miller, der Herausgeber der Jean-Paul-Gesamtausgabe, ist zweifellos ein kluger Mann und Wilhelm Schmidt-Biggemann, sein Mitstreiter, ein ebensolcher. Ich bin bereit, klugen Männern aufs Wort zu glauben. Folgen wir also den beiden Herren, die sagen, dass:

– dem *Freiheits-Büchlein* ein ungezwungener Briefwechsel zwischen dem Dichter und dem Herzog von Sachsen-Gotha, Emil August, vorgeschaltet sei, welcher eine poetische Ader besessen und selber in der Manier Jean Pauls und Laurence Sternes geschrieben habe,

– dass die Herren einander persönlich gekannt und geschätzt hätten, daher auch der ungezwungene »englische« Tonfall herrühre,

– dass es aber insofern zu einem Missverständnis gekommen sei, als Jean Paul seine *Vorschule der Ästhetik* dem Herzog habe widmen wollen, verbunden mit dem Scherz, die Widmung wäre bereits gedruckt, worauf der Herzog sich so verworren scherzend ausgedrückt habe, dass Jean Paul wiederum nicht gewusst habe, woran er sei,

– dass sich in der krausen Antwort des Herzogs die Bitte verberge, er, Jean Paul, möge doch das *Polyneon*, eine Märchendichtung des Herzogs selbst, in seiner *Vorschule* ein bisschen rühmen,

– dass bei dem nun folgenden Wildwechsel an Briefen weder eine ausdrückliche Zustimmung des Herzogs zur

Widmung erfolgt sei, noch eine Lösung bezüglich des heiklen Problems »Polyneon«,

– dass das Zensurkollegium in Jena sein Imprimatur für das Vorspiel der *Vorschule* verweigert und dem Dichter einen leichtfertigen Umgang mit den Briefen des Herzogs vorgeworfen habe, wobei Jean Paul wiederum geglaubt habe, das Zensurkollegium habe sich über die Zustimmung des Herzogs hinweggesetzt,

– dass, endlich!, Jean Paul den Beschluss gefasst habe, den Briefwechsel mit dem Herzog seinem nächsten Büchlein vorzuschalten, nämlich jenem *Freiheits-Büchlein*, von dem nun die Rede ist.

So weit, so gut. Wenn auch komplexer Natur, so sind diese Verwicklungen, logisch verknappt und hintereinander gereiht, natürlich zu verstehen. Allein, als wir den Briefwechsel noch einmal lasen, samt und sonder mit allen Anmerkungen en détail, verstanden wir die Sache erst recht nicht. Das ist beileibe nicht die Schuld der Herausgeber; hier ist vielmehr ein Unvermögen des weiblichen Hirns verantwortlich zu machen, eine Denkbremse, die einrastet, wenn sie bei flotter Fahrt unvermittelt beansprucht wird. Schleuderkurs, Crash, nichts geht mehr.

Vermutlich ist dies eine falsche Erklärung. Jean Paul galt zu Lebzeiten vorzüglich als Schriftsteller für Frauen. Frauen haben ihn gelesen und verstanden und ihre Seelen in seine Seelengespinste verfitzt. Nach seinem Tod ruhte die Verehrung für einige Jahrzehnte, bis ein romantisch gesinntes, französisch lispelndes Mädchen, welches wohlverborgen in einem deutschen Dichter steckte, wieder sehr von ihm hingerissen war, will heißen: Stefan George Jean Paul deutschen Knaben und Männern empfahl. (Obwohl's uns in allen Plauderzellen kribbelt, versagen wir uns hier einen Abstecher in die noch um vieles tollere und heiklere Dedikationsgeschichte, welche Stefan George und Friedrich Gundolf entzweit hat.)

Glück hatte Jean Paul mit seinem *Freiheits-Büchlein* jedenfalls keines und mit dessen Vorspiel erst recht nicht: Seine republikanisch gesinnten Freunde witterten im abgedruckten Briefwechsel mit dem Herzog eine unwürdige Fürstenkriecherei und lasen den Rest erst gar nicht.

Was lehrt uns das unglückselige Vorspiel?

Das Umeinanderstelzen zweier Menschen von so unterschiedlichem Stand und mit so unterschiedlichen Arten von Macht im Bunde – der eine mit der eng umzirkten Macht im Diesseits betraut, der andere mit Schmuggelware für die Ewigkeit unterwegs – ergibt ein kompliziertes Freundesballett, und die Flucht in den Witz, wo Witz auf Witz die Dinge verhäkelt und verrätselt, wirkt da wie Seifenlauge auf abschüssiger Bühne. Vielleicht hätte es geholfen, die beiden Männer wären hinsichtlich des Alters weit auseinander gewesen – aber so? Zwei Ähnlichalte, Herzog der eine, ein Abkömmling armer Kirchenmäuse der andere, in heikler Balance befangen?

Loben wir jetzt unsererseits, wie schön Jean Paul den gemeinen Leser lobt, also nicht allein den Herzog einen Hochwohlgeborenen und Hochlöblichen heißt, sondern den Leser im Ungefähr und Irgendwo da draußen, welchen er nun freigiebig mit schwindelhaften Ehren- und Adelstiteln behäuft. Jawohl, das hat ein Leser gleich welchen Geschlechts und Standes verdient, besonders wenn er sich durch den bizarren Anfang gequält hat. (Welcher Leser aber ohne fremde Hilfe sich darin durchgefunden haben will, womöglich mühelos und heiteren Gemüts, dem sei eine 1-Cent-Ehrenmünze versprochen und ein Fleißbildchen von Ida Bohatta-Morpurgo dazu!)

Jetzt aber bitte zur Sache.

Das *Freiheits-Büchlein* steht am Beginn einer Reihe von politisierenden Schriften. Es fällt in die Zeit der napoleonischen Herrschaft und erschien im Mai 1805. Zu diesem Zeitpunkt hatte Jean Paul seine großen Romane alle schon geschrieben, die *Vorschule der Ästhetik* ebenso. Es sollten noch eine Reihe satirischer Erzählungen folgen und der großartige *Komet*, sein letztes Werk, welches aber unvollendet blieb, weil der Autor während der Abfassung starb.

Ein Freidenker im politischen wie religiösen Sinn war Jean Paul, seit er als junger Student der Theologie entlief, immer gewesen. Er erlebte die Französische Revolution als Befreiung und hielt ihr, als die Nachrichten von den Gräueln der Schreckensherrschaft nach Deutschland drangen, im Wesentlichen weiterhin die Treue, obwohl ihm die Gewalttaten eines Robespierre, Saint-Just, Marat zuwider waren.

Freidenkerei betrieb Jean Paul auch im Religiösen. Davon zeugt *Die Rede des toten Christus vom Weltgebäude herab, daß kein Gott sei* aus dem *Siebenkäs*. Man findet wohl unter den Zeitgenossen so leicht keine Feder, die beharrlicher und verzweifelter die Möglichkeit ausforschte, der Opfertod von Jesus Christus sei einer Illusion geschuldet: »Und als ich aufblickte zur unermeßlichen Welt nach dem göttlichen Auge, starrte sie mich mit einer leeren bodenlosen *Augenhöhle* an; und die Ewigkeit lag auf dem Chaos und zernagte es und wiederkäute sich.« Überhaupt fahren die vielen Leichen, von denen es in Jean Pauls Romanen und Erzählungen nur so wimmelt, nicht gerade friedlich unter die Erde und die davon abgelösten Seelen keinesfalls in einen christlichen Himmel hinauf. Den feinstofflichen Substanzen der Abgeschiedenen ist keine Ruhe vergönnt, sie belästigen vielmehr auf heidnische Weise die Lebenden, stören deren Sinne oder steigen ihnen unliebsam zu Kopfe.

In seinen poetischen Schriften wird beständig die Kleinstadtenge aufs Korn genommen. Gegen hyperbolische Ränke, ersonnen in geblähten Hirnen, gegen die Anmaßung gerade der kleinsten Fürstentümer wird beharrlich gekämpft. Jean Paul hat viele Jahre in vogtländischen Winkeln zugebracht, aus denen er geistig zu entkommen suchte, obwohl gerade dort Menschen lebten, die reiche Anschauung für seine Erzählfiguren boten.

Zensur in den verschiedensten Formen hat ihn geärgert. In den Romanen findet sich so manche Spitze, mit der er sich Luft verschafft, zum Beispiel im *Titan*, wo der bei Autor und Leser höchst unbeliebte Minister Froulay dabei ertappt wird, wie er einen Brief erbricht, der an seine Tochter gerichtet ist. Dem Mann ist das Erbrechen von Briefen das Natürlichste von der Welt, wobei ihm Jean Paul zum Schein sekundiert, indem er das »Examinatorium« fremder Briefe ganz unbedingt empfiehlt, ja, die Zensur hier ganz eigentlich gefragt sieht: »Ungedruckte Zeitungen, nouvelles à main, nämlich Briefe, können, weil sie noch größere Geheimnisse austragen, nie eine größere Zensurfreiheit fodern, als gedruckte Zeitungen genießen; besonders da jeder Brief jetzt so leicht ein umherrennender Zirkelbrief wird. Ein Katalog verbotener Briefe (index expurgandarum) wäre dann für den Korrespondenten immer ein Wort.«

Im *Freiheits-Büchlein* wird nun offen gegen die Zensur Stellung bezogen. Und das Wortfechten für die Freiheit richtet sich traulich an alle, die lesen können und denken. Zwischen den Sätzen duftet es gleichsam frühlingshaft; da wird der Leser in ein Gefild geführt, wo alles frisch von der Hoffnung auf ein besseres, will heißen, vernünftiger eingerichtetes Leben betaut ist, wo aus efeuumrankten Kanonen Ewigkeitsmunition verschossen wird. Man lese und staune: »Ein Buch gehört der Menschheit an, und der ganzen Zeit, nicht seinem zufälligen Geburtsort und Geburtsjahr, es wird wie die moralische Handlung zwar in der Zeit, aber nicht für sie, sondern für die Ewigkeit geboren.«

Da war noch Gewissheit, dass es mit dem Buch fort und fort gehen und die in ihm beschlossene Wahrheit früher oder später ans Licht treten werde – man zeige mir einen heute schreibenden Zunftkollegen, der beim Lesen solcher Sätze ernst bliebe, dessen Miene sich nicht zu einem verlegenen Grinsen verzöge!

Ebenso emphatisch wie die Freiheit geehrt, wird die Unmöglichkeit beschworen, dem Philosophieren eine Grenze setzen zu wollen. Dass es vergiftende Wahrheiten geben könnte, wird vehement bestritten, es sei denn, man nehme an, »daß in der Ewigkeit ein urböses Prinzip, ein vermummter Würge-Gott, das Universum in seinen Tatzen halte und aussauge«. Ausgerechnet Jean Paul, dem in seinen bösen Jenseitsträumen durchaus kein liebender Universumsvater erschienen ist, eben der führt nun gegen die versammelten Zensoren ins Feld: »Da aber doch alle Menschen die Wahrheit ohne Fürchten suchen: so entdeckt man freudig das allgemeine kindliche Vertrauen, es könne uns Kindern im wiederhallenden Weltgebäude kein Riese begegnen als der Vater.«

Von einem so umfassenden Vertrauen sind wir inzwischen meilenweit fortgerückt. Und Jean Paul wäre nicht der seine Generation bei weitem überragende Dichter, wenn bei ihm nicht schon immer das Gegenteil dessen, was so feurig behauptet wird, unversehens auf der Lauer läge: »Bücher wirken jetzt wegen ihrer Menge weniger, eben weil sie dadurch einander entgegen und folglich aufhebend wirken.« Dass Bücher durch ungleich stärkere Medien verdrängt werden könnten, die mit Macht in den Gefühlshaushalt von Millionen Menschen hineinregieren, aber nur selten der Vernunft dienen, lag außerhalb der Vorstellungskraft des Dichters. Er glaubte daran, dass die Menge der Bücher unfehlbar die Gegenmittel zum verderblichen Einfluss einzelner Unsinnsprodukte mitführten und sich in einem fairen Kampf das Wahre vom Unwahren, das Talmihafte vom Echten scheiden müsste.

Einfluss heißt das Zauberwort. Den Zensoren ist es natürlich nicht um die Wahrheit an sich zu tun, sondern um Einflüsse, die gewisse Ansichten aufs gemeine Volk nehmen könnten. Nur wenige Jahre zuvor hatte die Parole »Freiheit, Gleichheit, Brüderlichkeit!« das französische Volk in einen Aufruhr gerissen, wie ihn die Welt noch nicht gekannt hatte, und das war natürlich auch den deutschen Beobachtern in die Glieder gefahren, gleichgültig, ob sie die Revolution begrüßten oder verabscheuten. Zu Recht argumentiert Jean Paul hier, dass eine Revolution nicht herbeigeschrieben werden könne, dass »die Schreiber nicht die Gewittermaterie« selbst, sondern nur »die Elektrizitäts-Anzeiger einer schon vorhandenen«

seien. Es empörten sich auch weniger die Leser, merkt der Dichter weiter an, sondern diejenigen Klassen, die am wenigsten läsen: der hohe Adel und das Volk.

Jean Paul ergreift Partei für das Volk. Volk, das zwar mit allem Schweren beladen ist, schwerer Arbeit, Steuerlasten, Soldatenpflichten, dem aber nicht gestattet wird, seine Sinne an der freien Geistesluft spazieren zu führen. Nein, am Genuss des Schönen, wie ihn die Freiheit ermöglicht, hat das Volk für gewöhnlich keinen Anteil. In dieser Hinsicht, mehr als in einer sozialökonomischen, ist Jean Paul Demokrat. Ein vernunftgeleitetes Vaterland, gelenkt von einer milden Regierung, die ihren Bürgern Freiheiten lässt, wird nicht so leicht die Beute einer Revolution werden. Die revolutionäre Erhebung vergleicht Jean Paul mit einem Erdbeben oder einem Dammbruch. Sie befällt ein Land, in dem ein starrsinniger König Freiheit und Wahrheit durch beflissene Zensoren unmäßig unterdrückt hält.

Kurioserweise mahnt er jedoch zur Vorsicht, wenn zum Volk von der Kanzel her gesprochen wird, und kommt damit auf einen Seitenweg des Zensurthemas. Von der zersetzenden Kraft der Vernunft ist hier die Rede. Wenn die Kandidaten der Theologie in herzloser Weise den Volksglauben belächeln und einer Wahrheit die kalte Schulter zeigen, die sich aus tausend liebgewonnenen Gewohnheiten zusammensetzt, welche sich über Generationen bewährt haben, zerstören sie die bindende Kraft der

Religion. Jean Paul, der aus einer protestantischen Familie stammte und einige Semester Theologie studierte, wusste, wovon er sprach, und fasste eine Tendenz ins Auge, die erst nach seinem Tod ihrer Destruktionskraft freien Lauf lassen sollte: »Gibt es etwas Grausameres als die Kandidaten-Sitte, dem Volke den Glaubensboden zu verschieben oder zu versenken in ein kühles Wort-Meer einer herabgetropften aufgefangenen System-Wolke – und nun auf das bodenlose Wasser doch Samenkörner auszustreuen? Kommt der leere Ertrag des Echo-Neins auf fünf oder sechs orthodoxe Irrthümer in Betrachtung gegen das [...] Auswurzeln eines alten Glaubens, der lebte und belebte?«

Was aber hat uns Jean Pauls Eintreten für die Zensurfreiheit heute zu sagen? Ich fürchte, wenig. Kämpfen wird man mit seiner Schrift nicht können. Die Gefechtslinien haben sich im Laufe der nachfolgenden Jahrhunderte dramatisch verändert. Längst werden andere Geschütze aufgefahren. Gemessen an den blutrünstigen modernen Diktaturen, wo hinter der Zensur Mord wütet, sind die fürstlichen Willkürmaßnahmen, unter denen Jean Paul und seine Zeitgenossen litten, harmlos, ja geradezu menschenfreundlich. Selbst die Herrschaft der russischen Zaren im 19. Jahrhundert will einem vergleichsweise freundlich erscheinen, gemessen an Stalin sowieso, aber auch, wenn man sie an den heutigen Zuständen misst, da in Russland ungleich freiheitlichere Rechte zwar verbrieft, aber nicht eingehalten werden. Gegen einen widerwärtigen Mord, wie er jüngst an der Journalistin Anna Politkowskaja verübt wurde, wird man schwerlich mit Sätzen Jean Pauls zu Felde ziehen können.

In den Ländern, wo es keine Zensur gibt, sieht es anders unheimlich aus. Freiheit dem Volk, damit seine Sinne das Schöne genießen und sein Verstand sich an der Vernunft übe? So ist es gewiss nicht gekommen. Die Freiheit erscheint uns heute merkwürdig leer, oder schlimmer, an sadistische Spiele verschleudert. Wo es Freiheit gibt, findet sie paradoxerweise immer weniger Anhänger, die dezidiert für sie eintreten. Und wo Opposition sich meldet, im Internet, diesem Kraftprotz unter den Medien, abenteuert ein Verschwörungsdenken quer durch die Welt, wie es infantiler kaum sein könnte.

Jean Pauls *Freiheits-Büchlein* durchzukämmen auf der Suche nach passenden Argumenten gegen Übelstände, unter denen wir heute leiden, ist im Theologischen ergiebiger als im Politischen. Wer aber seinen Geist lüften will, wer auf das Schöne im Freien vertraut, das Komische im Abgründigen liebt, der findet reiche Stärkung in seinem *Siebenkäs* oder dem *Kometen*.

Jean Pauls *Freiheits-Büchlein* in der Herzogin Anna Amalia Bibliothek

Jan Volker Röhnert

Gern hätte Goethe seinen Erinnerungen *Aus meinem Leben* einen weiteren Band hinzugefügt, berichtete der Komponist Felix Mendelssohn Bartholdy in einem Brief von einer Unterhaltung am 1. Juni 1830 mit dem betagten Dichter. All die Wandlungen und Verwandlungen, die sich in Weimar seit seiner Übersiedlung 1775 an Anna Amalias Musenhof unter dem Signum der dort versammelten Geistesgrößen vollzogen hatten, sollten Platz finden in diesem Buch – das gewiss genügend Raum gelassen hätte für Anekdoten, Klatsch und persönliche Ressentiments: »Wie da der Adel sich vom Mittelstand anfing übertroffen zu fühlen und sich zusammennahm, um nicht zurückzubleiben; wie da Liberalism, Jakobinism und aller Teufelsspuk auftauchte; wie sich hier nun ein neues Leben bildete, und man arbeitete und hervorbrachte, sich dann einmal verliebte zu rechter Zeit und seine Tage verdarb; wie der Aristokratism der Berliner Herren Nicolai und der anderen, der damals viel galt, von uns jungen Leuten, die wir voll Lust und Thätigkeit, dann auch wol sehr ungeschickt waren, zurückgedrängt werden mußte; wie

Schiller erst einmal in Weimar war und von niemand gekannt es wieder verließ wie Jean Paul später kam, aber den Kreis schon geschlossen fand; wie Bertuch auf's Praktische gehn, alles Mögliche, was man verlangt hervorzubringen suchte und das Industriecomptoir gründete. Ja, da war es wie im Frühling, wo alles drängt und keimt und so mancher Baum noch kahl steht, andre schon Blätter haben.«

Wie Jean Paul später kam, aber den Kreis schon geschlossen fand: Mit lasziver Geste, in einem Satz von fast schon jeanpaulesker Manier wird hier nachträglich einer vor die Tore der Stadt gestellt, in der er sich immerhin über zwei Jahre aufgehalten hat. Zwischen 1798 und 1800 lebte Johann Paul Friedrich Richter alias Jean Paul in Weimar, hatte Umgang mit Schiller, Goethe, Wieland, vor allem aber mit Herder, dessen Aufgeschlossenheit und Sympathie den Zugereisten veranlassten, den 1803 gestorbenen Superintendenten des Ilmstädtchens in seiner *Vorschule der Ästhetik* (1804) als Leitstern zu verewigen. Dennoch: In Weimar war Jean Paul zu einer bloßen Gastrolle verurteilt; ihm gelang es nicht, sich hier auf Dauer zu etablieren. Alle Versuche, nach außen hin Harmonie herzustellen, zementierten nur den Ausschluss aus dem Kreis der Erwählten: »Noch in keinem Jahre stritt ich so viel; mit Schiller neulich bis um zwölf Uhr nachts und mit ihm und Goethe bei der [Charlotte von] Kalb [...] aber Wieland sagte: so wär's recht und ich gewänne ihn dadurch; wir würden noch die besten Freunde werden; ›Goethe hat mit Respect von Ihnen gesprochen‹«, erinnerte sich Jean Paul später an das Jahr 1798. In den ungefähr zeitgleich entstandenen *Xenien* brachte Schiller die Abneigung des klassischen Weimars gegen denjenigen auf den Punkt, welcher im Literarischen weder Regelmäßigkeit der Form zu akzeptieren noch Maßhalten zu kennen schien: »Hieltest du deinen Reichtum nur halb so zu Rate wie jener / Seine Armut, du wärst unsrer Bewunderung wert.«

Ihm wurde die Rolle des eigenbrötlerischen Außenseiters zugesprochen, und er fügte sich insofern in dieses Bild, als er sich bald darauf an die Peripherie des literarischen Deutschlands zurückzog – in die fränkische Provinz, wo er aufgewachsen war. Die Beschreibung seiner Geburt zu Wunsiedel im Jahr, als der Siebenjährige Krieg zu Ende ging, läutet das Fragment seiner *Selberlebensbeschreibung* ein: »Es war im Jahr 1763, wo der Hubertsburger Friede zur Welt kam und gegenwärtiger Professor der Geschichte von sich; – und zwar in dem Monate, wo mit ihm noch die gelbe und graue Bachstelze, das Rotkehlchen, der Kranich, der Rohrammer und mehre Schnepfen und Sumpfvögel anlangten, nämlich im März; – und zwar an dem Monattage, wo, falls Blüten auf seine Wiege zu streuen waren, gerade dazu das Scharbock- oder Löffelkraut und die Zitterpappel in Blüte traten, desgleichen der Ackerehrenpreis oder Hühnerbißdarm, nämlich am 21ten März;

und zwar in der frühesten frischesten Tageszeit, nämlich am Morgen um 1½ Uhr; was aber alles krönt, war, daß der Anfang seines Lebens zugleich der des damaligen Lenzes war.«

Man vergleiche diese Passage mit dem Anfang von Goethes *Dichtung und Wahrheit*: »Am 28sten August 1749, Mittags mit dem Glockenschlage zwölf, kam ich in Frankfurt am Main auf die Welt. Die Constellation war glücklich; die Sonne stand im Zeichen der Jungfrau, und culminirte für den Tag; Jupiter und Venus blickten sie freundlich an, Mercur nicht widerwärtig; Saturn und Mars verhielten sich gleichgültig: nur der Mond, der so eben voll ward, übte die Kraft seines Gegenscheins um so mehr, als zugleich seine Planetenstunde eingetreten war. Er widersetzte sich daher meiner Geburt, die nicht eher erfolgen konnte, als bis diese Stunde vorübergegangen.«

Im einen Fall metaphorische Ausschweifung, Verknüpfung der fernsten Dinge mit den allernächsten, Synästhesien und »All- oder Tutti-Liebe« (Jean Paul), im anderen Fall kausale Folgerichtigkeit von Fakten, symbolische Verdichtung einer astronomischen Konstellation, die als der Nukleus von Goethes historischer Sendung empfunden werden soll. Ging es Goethe um die Darstellung von »Tatsachen«, so war Jean Paul eher an den metaphorischen »Verhältnissen« der Dinge untereinander interessiert, wie Walter Höllerer einmal bemerkte.

In diese so verschiedenartige poetische Praxis übte sich Jean Paul bereits ein, als er zunächst im Örtchen Joditz und dann in Schwarzenbach an der Saale, wo sein Vater jeweils das Pfarramt bekleidete, zu buchstabieren anfing. Nichts, was auch nur in irgendeiner Art auf Druckpapier verewigt war, hielt er für zu gering, um es nicht in Zettelkästen – das Wort wurde durch ihn geprägt – nach ebenso ausgefeilten wie ausgefallenen Regeln zu klassifizieren und miteinander in Beziehung zu setzen. Jean Pauls Metaphorik, die seinen Zeitgenossen so ungeregelt wildwüchsig vorkam, ist ein direktes Produkt seiner Zettelkastenpraxis: Aus ihrem ursprünglichen Zusammenhang gerissene Dinge, die neu miteinander verknüpft werden, ergeben unerwartete Beziehungs- und Bedeutungsnetze.

Jean Paul hatte nach dem Willen seines Vaters in Leipzig Theologie studiert, danach verschiedene Stellen als Hauslehrer in der Gegend von Hof angetreten. Literarisch ambitioniert war er von jeher gewesen, doch brachten ihm weder seine Zeitschriftenbeiträge noch die *Grönländischen Prozesse*, seine erste, noch anonym erschienene Buchpublikation (1783), den ersehnten Erfolg – der stellte sich ein, nachdem er 1792 das Manuskript seines Romans *Die unsichtbare Loge* an Karl Philipp Moritz nach Berlin geschickt hatte. Moritz reagierte prompt mit einem Lobeshymnus auf den ihm noch unbekannten Verfasser: »Und wenn Sie am Ende der Erde wären; und müßt ich hundert Stürme aushalten, um zu Ihnen zu kommen, so flieg ich in Ihre Arme! Wo wohnen Sie? Wie heißen Sie?: Wer sind Sie?: Ihr Werk ist ein Juwel!«

Es folgten die Romane, die Jean Pauls Ruhm begründeten – der *Hesperus, oder 45 Hundsposttage* (1795), *Leben des Quintus Fixlein* (1796), der *Siebenkäs* (1797) und *Titan* (1800–1803), mit dem er den Bildungsroman der Weimarer Klassik à la *Wilhelm Meister* ins Sublime zu transzendieren versuchte. 1804/05 erschienen die *Flegeljahre* als lange Zeit letztes großes Erzählwerk des Verfassers. Hier kehrte der 1799 vom Herzog von Hildburghausen zum Legationsrat Ernannte vom erhabenen »italienischen Stil« – um seine eigenen Begriffe aus der *Vorschule der Ästhetik* zu gebrauchen – zum humoristisch-bodenständigeren Kolorit der »deutschen« und »niederländischen« Richtung zurück. Inzwischen hatte er selbst seine Wanderjahre in wechselnden Residenzstädten (Berlin, Meiningen, Coburg) verbracht, um sich ab 1804 für den Rest seines Lebens in Bayreuth niederzulassen.

In der *Vorschule der Ästhetik*, dem ersten umfangreicheren nicht erzählenden Werk, das er von Bayreuth aus an die lesende Welt richtete, stellte er seine Ansichten zur poetischen Kreation selbstbewusst den klassischen und romantischen Poesieentwürfen an die Seite. Das *Freiheits-Büchlein* ist das Präludium zu seinen pädagogischen (*Levana oder Erziehlehre*, 1807) und politischen Schriften (*Dämmerungen für Deutschland*, 1809; *Mars' und Phöbus' Thronwechsel im Jahre 1814*, 1814). Auf dem Gipfel seiner Popularität stand Jean Paul 1817 in Heidelberg, wo ihn die Universität zum Ehrendoktor der Philosophie ernannte. Als er 1825 in Bayreuth starb, hinterließ er neben dem Torso seines Altersromans *Der Komet* einen unerschöpflichen Briefwechsel, Aphorismen, Tagesnotizen – und das großartige Labyrinth seiner Zettelkästen.

Für ein Indiz der späten Anerkennung, die dem Außenseiter widerfuhr, mag gelten, dass Goethe die zweite Auflage der Erzählung *Doktor Katzenbergers Badereise* 1825 ankaufen ließ und in den *Noten und Abhandlungen zu besserem Verständniß des West-östlichen Divans* freundliche Worte für denjenigen fand, bei dessen Lektüre er sich früher, wie Schopenhauer einmal berichtet haben soll, noch angeekelt fühlte. Jean Paul findet sich hier im Zusammenhang einer Schreibweise erwähnt, die Goethe beim Studium der orientalischen Poesie aufgefallen war: »Ein Mann, der des Orients Breite, Höhen und Tiefen durchdrungen, findet, daß kein deutscher Schriftsteller sich den östlichen Poeten und sonstigen Verfassern mehr als Jean Paul Richter genähert habe [...]. Allerdings zeugen, um von der Persönlichkeit anzufangen, die Werke des genannten Freundes von einem verständigen, umschauenden, einsichtigen, unterrichteten, ausgebildeten und dabei wohlwollenden, frommen Sinne. Ein so begabter Geist blickt, nach eigentlichst orientalischer Weise, munter und kühn in seiner Welt umher, erschafft die seltsamsten Bezüge, verknüpft das Unverträgliche, jedoch dergestalt, daß ein geheimer ethischer Faden sich mitschlinge, wodurch das Ganze zu einer gewissen Einheit geleitet wird. [...] Man fühlt sich in der Nähe des wohldenkenden Mannes behaglich, sein Gefühl theilt sich uns mit. Unsere Einbildungskraft erregt er, schmeichelt unseren Schwächen und festiget unsere Stärken.«

In den Zettelkästen der Herzogin Anna Amalia Bibliothek, bzw. dem heutigen Online-Katalog OPAC, sind Jean Pauls Schriften in überwältigender Vielzahl verzeichnet – schon seit dem Bestehen des Weimarer Bücherkosmos unter Herzogin Anna Amalia als Herzogliche Büchersammlung, dann ab 1815 als Großherzogliche Bibliothek, seit 1920 als Thüringische Landes- und von 1968 bis 1990 als Zentralbibliothek der deutschen Klassik. Im Rahmen des Sammelschwerpunktes der Herzogin Anna Amalia Bibliothek – der deutschsprachigen Kultur- und Literaturgeschichte zwischen 1750 und 1850 – firmiert Jean Paul an herausragender Stelle, ja als vielleicht merkwürdigster, am allerwenigsten nach klassischen Maßstäben klassifizierbarer Poet.

Nicht minder merkwürdig als sein Autor ist dessen *Freiheits-Büchlein* samt seiner Historie. Die List, ohne anzustoßen über Freiheit zu schreiben, wenn man die Schrift mit Zugaben aus Fürstenhand spickte, glückte. Die Jungdeutschen, allen voran der glühende Jean-Paul-Verehrer (und Goethe-Verächter) Ludwig Börne, bewunderten die Weitsicht, mit der sich ein Autor hier eines

Topos angenommen hatte, der das politische Denken der neuen Generation bestimmte: »Er aber steht geduldig an der Pforte des zwanzigsten Jahrhunderts und wartet lächelnd, bis sein schleichend Volk ihm nachkomme.« In diesem Sinne kann Jean Paul als einer der ersten Dichter von Rang gelten, der den Freiheitsbegriff aus dem ästhetischen Feld (Schiller) in den politischen Diskurs herüberholte und damit für grenzüberschreitende intellektuelle Debatten bis in die Gegenwart hinein fruchtbar machte. Insofern würdigte Heinrich Heine in seiner *Romantischen Schule* das zeitkritische Potential Jean Pauls: »Er ist fast gleichzeitig mit der romantischen Schule aufgetreten, ohne im mindesten daran Teil zu nehmen, und eben so wenig hegte er später die mindeste Gemeinschaft mit der Goetheschen Kunstschule. Er steht ganz isoliert in seiner Zeit, eben weil er, im Gegensatz zu den beiden Schulen, sich ganz seiner Zeit hingegeben und sein Herz ganz davon erfüllt war. Sein Herz und seine Schriften waren eins und dasselbe.«

Dennoch muss sich Heine fragen, auf wen oder was eine Schreibart wie die Jean Pauls eigentlich wirken wolle, wenn sie einen Schwanz komplizierter Metaphern bis zur Unverständlichkeit mit sich führe: »Von diesem Stile kann sich ein klarer wohlredigierter französischer Kopf nimmermehr einen Begriff machen. Jean Pauls Periodenbau besteht aus lauter kleinen Stübchen, die manchmal so eng sind, daß wenn eine Idee dort mit einer anderen zusammentrifft, sie sich beide die Köpfe zerstoßen; oben an der Decke sind lauter Haken, woran Jean Paul allerlei Gedanken hängt, und an den Wänden sind lauter geheime Schubladen, worin er Gefühle verbirgt. [...] Gedanken und Gefühle, die zu ungeheuren Bäumen auswachsen würden, wenn er sie ordentlich Wurzel fassen und mit allen ihren Zweigen, Blüten und Blättern sich ausbreiten ließe: diese rupft er aus, wenn sie kaum noch kleine Pflänzchen, oft sogar noch bloße Keime sind, und ganze Geisteswälder werden uns solchermaßen, auf einer gewöhnlichen Schüssel, als Gemüse vorgesetzt. Dieses ist nun eine wundersame, ungenießbare Kost; denn nicht jeder Magen kann junge Eichen, Zedern, Palmen und Banianen in solcher Menge vertragen. [...] Statt Gedanken gibt er uns eigentlich sein Denken selbst, wir sehen die materielle Tätigkeit seines Gehirns; er gibt uns, sozusagen, mehr Gehirn als Gedanken.«

Ausgerechnet an dieser Stelle berührt sich Heines Argumentation mit Madame de Staëls Jean-Paul-Charakteristik in dem Buch *De l'Allemagne*, gegen das er ursprünglich anschreiben wollte. In den Augen der Französin ist Jean Paul ein Prototyp des verträumten kleinstädtischen Geistesriesen, wie ihn allein Deutschland hervorbringe: »Man könnte aus Jean Pauls Schriften eine sehr merkwürdige Sammlung von Gedanken ausziehen. Wenn man ihn aber liest, fällt seine wunderliche Gewohnheit auf, aus allerlei alten, vergessenen und wissenschaftlichen Büchern Bilder und Anspielungen zu entlehnen; was er auf diese Weise zusammenstellt, ist gewöhnlich sehr sinnreich, wo aber, um in einen Scherz einzugehen, Aufmerksamkeit und Nachdenken erforderlich wird, da möchten nicht leicht andere als die Deutschen geneigt sein, auf dem Weg des Studiums zum Lachen zu gelangen, und sich mit gleicher Anstrengung belustigen als belehren zu lassen.«

Das *Freiheits-Büchlein* zeigt jedoch, dass Jean Paul nicht so leicht in irgendeiner Schublade der Literaturgeschichte abzulegen ist. Seine Aufbewahrung an wechselnden Stellen der Herzogin Anna Amalia Bibliothek macht dies deutlich. Obwohl das *Freiheits-Büchlein* mitsamt einer großen kostbaren Sammlung Jean Paul'scher Erstausgaben (Signatur Dd 4) während des Bibliotheksbrands vom 4. September 2004 auf einer oberen Galerie im Rokokosaal in Flammen aufging, ist es andernorts wieder aufgetaucht – als eine der wenigen Jeanpauliana, die Goethe persönlich besaß. Das gerettete Exemplar, das diesem Band zugrunde liegt, enthält die Stempel des Goethe Nationalmuseums und des Goethe-Schiller-Archivs und ist in der Herzogin Anna Amalia Bibliothek unter der Signatur N 1906 katalogisiert.

Jean Paul, der 1798 von Goethe einen »Erlaubnisschein Bücher von der Bibliothek holen zu dürfen« erhalten hatte, ist inmitten des ilmstädtischen Bücherkosmos längst schon in buchstäblich greifbare Nähe jener literarischen

Ahnen gerückt, zu denen ihn sein Weimarer Mentor Johann Gottfried Herder gestellt hatte: »Meinen Jean Paul indes vergesse ich nicht, in dem, nebst seinem eignen, Swift's, Fieldings und Sternes Geist miteinander ihre Wirtschaft treiben.«

Zu dieser Ausgabe

Die *Bibliotheca Anna Amalia* der *Süddeutschen Zeitung* gibt in insgesamt 12 Bänden unter dem Motto »Weltliteratur« Einblick in die wertvollen Bestände der Herzogin Anna Amalia Bibliothek in Weimar.

Die Edition folgt buchstaben- und zeichengetreu dem jeweiligen in Weimar vorliegenden Exemplar. Dabei sind Inkonsequenzen in Orthographie und Interpunktion, die sich aus dem Fehlen verbindlicher Normen erklären, beibehalten. Offensichtliche und eindeutig zu korrigierende Druckfehler sind im Text berichtigt. Nicht übernommen werden typographische und drucktechnische Verfahren wie andere bzw. kleinere Schrift für fremdsprachige Textstellen, Doppelstrich für Wortkoppelung und Silbentrennung, Einzug bei Kapitelanfängen.

Diesem Band liegt die Erstausgabe von Jean Pauls *Freiheits-Büchlein* zugrunde: *Jean Paul's Freiheits-Büchlein; oder dessen verbotene Zueignung an den regierenden Herzog August von Sachsen-Gotha; dessen Briefwechsel mit ihm; – und die Abhandlung der Preßfreiheit. Tübingen, in der J. G. Cotta'schen Buchhandlung. 1805.*

Das Exemplar der Herzogin Anna Amalia Bibliothek trägt die Signatur N 1906 und ist mit dem Stempel des Goethe Nationalmuseums und des Goethe-Schiller-Archivs versehen.

Inhalt

Anhang

Johann Wolfgang von Goethe
AUCH ICH IN
DER CHAMPAGNE!

Mit einem Nachwort
von Gustav Seibt
ISBN: 978-3-86615-405-6
ET: März 2007
288 Seiten, Ladenpreis: 24,90 Euro
(D), 25,60 Euro (A), 43,90 sFr

William Shakespeare
VENUS UND ADONIS.
TARQUIN
UND LUKREZIA.
Zwei Gedichte in zwei Sprachen
Zweisprachige Ausgabe.
Mit einem Nachwort von
Burkhard Müller
ISBN: 978-3-86615-406-3
ET: März 2007
336 Seiten, Ladenpreis: 29,90 Euro
(D), 30,80 Euro (A), 51,90 sFr

Voltaire
DIE PRINZESSIN
VON BABYLON

Mit einem Nachwort von
Hans Pleschinski
ISBN: 978-3-86615-407-0
ET: März 2007
160 Seiten, Ladenpreis: 19,90 Euro
(D), 20,50 Euro (A), 34,90 sFr

Ludwig Tieck
DAS ALTE BUCH
UND DIE REISE INS
BLAUE HINEIN
Novellen

Mit einem Nachwort von
Lothar Müller
ISBN: 978-3-86615-408-7
ET: April 2007
512 Seiten, Ladenpreis: 29,90 Euro
(D), 30,80 Euro (A), 51,90 sFr

François-René de Chateaubriand
ERINNERUNGEN
AUS ITALIEN, ENGLAND
UND AMERIKA

Mit einem Nachwort von
Johannes Willms
ISBN: 978-3-86615-409-4
ET: Mai 2007
176 Seiten, Ladenpreis: 19,90 Euro
(D), 20,50 Euro (A), 34,90 sFr

Christoph Martin Wieland
DSCHINNISTAN
ODER AUSERLESENE
FEEN- UND GEISTER-
MÄRCHEN

Mit einem Nachwort von
Hannelore Schlaffer
ISBN: 978-3-86615-410-0
ET: Juni 2007
256 Seiten, Ladenpreis: 24,90 Euro
(D), 25,60 Euro (A), 43,90 sFr

Karl Philipp Moritz
REISEN
EINES DEUTSCHEN
IN ENGLAND

Mit einem Nachwort von
Willi Winkler
ISBN: 978-3-86615-411-7
ET: Juli 2007
192 Seiten, Ladenpreis: 24,90 Euro
(D), 25,60 Euro (A), 43,90 sFr

Jean Paul
FREIHEITS-BÜCHLEIN

Mit einem Nachwort von
Sibylle Lewitscharoff
ISBN: 978-3-86615-412-4
ET: August 2007
144 Seiten, Ladenpreis: 19,90 Euro
(D), 20,50 Euro (A), 34,90 sFr

George Keate / Georg Forster
NACHRICHEN
VON DEN
PELEW-INSELN

Mit einem Nachwort von
Harald Eggebrecht
ISBN: 978-3-86615-413-1
ET: September 2007
ca. 400 Seiten, Ladenpreis: 29,90 Euro
(D), 30,80 Euro (A), 51,90 sFr

Friedrich Schiller
KLEINERE PROSAISCHE
SCHRIFTEN
*vom Verfasser selbst gesammelt
und verbessert (1792)*

Mit einem Gespräch zwischen
Alexander Kluge und Lothar Müller
ISBN: 978-3-86615-414-8
ET: September 2007
ca. 272 Seiten, Ladenpreis: 24,90 Euro
(D), 25,60 Euro (A), 43,90 sFr

Hafis / Joseph von Hammer
DER DIWAN

Mit einem Nachwort von
Martin Mosebach
ISBN: 978-3-86615-415-5
ET: September 2007
ca. 596 Seiten, Ladenpreis: 29,90 Euro
(D), 30,80 Euro (A), 51,90 sFr

Johann Gottfried Herder
LIEDER DER LIEBE
*Die ältesten und schönsten aus
Morgenlande. Nebst vier
und vierzig alten Minneliedern*

Mit einem Nachwort von
Kurt Flasch
ISBN: 978-3-86615-416-2
ET: September 2007
ca. 160 Seiten, Ladenpreis: 19,90 Euro
(D), 20,50 Euro (A), 34,90 sFr

Die komplette Bibliotheca Anna Amalia
gibt es für nur 248,00 Euro statt 298,80 Euro
(bei Abnahme aller 12 Bände)

im Internet unter www.sz-shop.de
oder per Telefon unter 01805-262167 (0,14 Eur/Min.)

Alexander Pechmann
Die Bibliothek der verlorenen Bücher
226 Seiten. Halbleinen
ISBN 978-3-351-02650-9

Geheimnisse der Weltliteratur

In der Bibliothek der verlorenen Bücher sind sie verwahrt: all die verschollenen, ungeschriebenen und imaginären Bücher; all die Werke, die durch Unfälle und Zufälle, im Wahn oder im Zorn, mit Absicht oder schlicht aus Versehen vernichtet wurden. Kostbares von Joyce, Dostojewski, Flaubert, Lord Byron, Balzac, James F. Cooper, Kafka, Laurence Stern, Thomas Mann u. v. a. Humorvoll und fesselnd erzählt und mit allerlei biographischen Anekdoten versehen, schickt uns Alexander Pechmann auf eine wundersame Wanderung durch die verborgene Bücherwelt. Wir begegnen u. a. einer bizarren Bücherkarawane im alten Persien, Hemingways Reisetasche, einer barbarischen Schreibmaschine, einigen Kammerjungfern und Bauchrednern, Puschkins Hasen und Herman Melvilles verlorener Insel. Das ausgefallene Geschenk für Büchernarren.

Mehr Informationen erhalten Sie unter
www.aufbauverlagsgruppe.de oder in Ihrer Buchhandlung

aufbau
AUFBAU VERLAGSGRUPPE

Gudrun Schury
Ich wollt, ich wär ein Eskimo
Das Leben des Wilhelm Busch
Biographie
Mit 20 farbigen und 41 s/w Abbildungen
414 Seiten. Gebunden
ISBN 978-3-351-02653-0

»Der erste große Komik- wie Comic-Artist«

ROBERT GERNHARDT

Seine Zeichenkunst nimmt den Comic vorweg und beeinflusste Walt Disney, seine Gedichte und Erzählungen sind das Gegenteil biedermeierlicher Behaglichkeit, in seinem malerischen Spätwerk stößt er zum Expressionismus vor. Aus ungewöhnlicher Perspektive schaut Gudrun Schury dem Künstler in die Karten. Sie fragt nach Buschs Verhältnis zu den Frauen, zu den Kindern, zu den Tieren, zum Tabak- und Alkoholkonsum. Sie verfolgt den Weg seiner Bilder vom Bleistift über den Holzstich bis aufs bedruckte Papier. Sie betrachtet Prügelszenen und Todesarten seiner Figuren. Und sie befreit den populären Zeichner und Versemacher von Vorurteilen. Nur eines bestätigt sich am Ende: Wilhelm Busch bleibt einzigartig.

Mehr von Gudrun Schury:
Alles über Goethe. AtV 2182
Alles über Karl May. Zusammen mit Rolf-Bernhard Essig. AtV 2313

Mehr Informationen erhalten Sie unter
www.aufbauverlagsgruppe.de oder in Ihrer Buchhandlung

aufbau
AUFBAU VERLAGSGRUPPE

7535 7B
£ 1,-